U0063735

香港生活粵語發音教程

劉衛林　蘇德芬 —— 編著

商務印書館

責任編輯　毛宇軒
排　　版　高向明
印　　務　龍寶祺

香港生活粵語發音教程

編　　著　劉衛林　蘇德芬
出　　版　商務印書館（香港）有限公司
香港筲箕灣耀興道 3 號東滙廣場 8 樓
http://www.commercialpress.com.hk
發　　行　香港聯合書刊物流有限公司
香港新界荃灣德士古道 220-248 號荃灣工業中心 16 樓
印　　刷　美雅印刷製本有限公司
九龍觀塘榮業街 6 號海濱工業大廈 4 樓 A 室
版　　次　2024 年 7 月第 1 版第 1 次印刷

ISBN 978 962 07 4695 6
Printed in Hong Kong

前言

這本教程是「香港生活粵語教程系列」叢書的進階之作。自從《香港生活粵語教程》付梓以後，便開始著手撰寫這本針對香港粵語發音的教程。作為長期直面同學粵語學習甘苦的語文教育工作者，一直就深知一本簡明有效而具信度的粵語發音教材，對於本地以外或剛來港的粵語初學者是如何的急切需要與重要。

無論在課堂上或是教室外，與粵語班同學分享學習欣悅時，幾乎共通的想法是——粵語是十分優美動聽的語言，問題是十分難學得好。粵語難學的原因，固然因為粵語傳承了中古語音系統，保留著豐富的聲調變化及發音方式，不但可以更好地演繹唐詩宋詞，甚至平日唱歌與講話，都會因音色變化抑揚多姿而格外動聽。然而也正因這多樣化的聲調與複雜的語音系統，令粵語學習相對地變得份外困難。

關於這問題的解決方法，顯而易見是應從掌握發音方法入手。然而問題的根本在於，現時還未有一本專門針對外地初學者學習需要的粵語發音教材。坊間雖然有大量粵語書流通，除了字典詞典及一般學講話的教材之外，就性質而言主要都是以解說詞句或追溯掌故，從懷舊或追求趣味角度說粵語。以往本地有粵語正音運動，故此也有針對本地粵語發音，諸如懶音、錯音等問題的著作。但由於面向對象都是已懂粵語的讀者，相信未必可以切合講普通話為主的初學者需要。

要寫這樣的一本粵語發音教材其實有不少難度，一方面是發音教程本來屬於語言學專門範疇的書，當中涉及大量語音學知識與學術用語，怎樣才能讓一般缺乏語言學認知，又不過旨在運用於生活日用之上的人普遍認識，已是件不容易的事；另一方面現時對粵語讀音、標音等問題，學術界以至坊間仍有不同意見，相對於共同語而言，粵語發音似乎更有待一共同接受的標準。這也是為何一直以來不乏針對本地人學普通話發音的教材，卻沒有一本針對講普通話讀者學粵語的發音專書出現的原因。

基於以上的考慮，本書在內容方面有以下的設計：讀音方面主要以香港社會當時生活上通行的粵語為主，除了因為香港粵語較少受普通話影響又深具特色之外，尤其對來港升學同學與投身本地發展專才而言，相信更能針對學習及工作上的實際需要。此外為令初學者更容易上手，教程採用原本針對講普通話用者而設計的廣州話拼音方案，讓學習之際可以更輕易地掌握拼音系統。

教程在介紹發音時嘗試將粵語語音系統盡量條理化地闡述，除依聲韻調分
章，並有導論概述粵音體系，另加難發音韻母學習專課外，又分別依聲調調值、
母發音部位與方法，及韻母發音方式，將粵語語音系統分門別類地全面介紹。務
令系統清晰之外，教程也盡量針對講普通話的初學者。課程設計每課均有粵普
音差異比較及聲韻調的對應情況介紹。例如同樣見於普通話與粵語的 en 韻母，
程內發音差異部分便指出因粵語 en 韻母的主要元音 e，組成複合韻母後變成低
位央元音，與普通話高舌位元音發音便有顯著差別。又如對應部分指出粵語 in
母只與普通話 ian 、 an 和 üan 對應，卻完全不與 in 韻母對應，受普通話影響者
粵語 in 韻母的字便幾乎開口必錯。對講普通話的初學者而言，瞭解這些粵普間
要的發音原則與方法，就不啻在學習路上擁有極具指導意義的司南。

由於粵語發音教程涉及以上各種語音特點，以至粵普發音差異與對應等種
問題，教程設計時盡量系統化令條理清晰外，更將複雜的語音重點以點列方式扼
地分述，並輔以元音舌位圖、粵普聲調調值對照表等大量圖表協助講解。藉著
解與表列，及提供調值對比法、天籟調聲法等一系列學習方法，希望能令學習
系條理更清晰。加上每課發音部分都提供 MP3 錄音的例字例詞，並全附有語音
習。這些教學內容與設計安排，將繁瑣難學的語音學變得簡明具體而容易上手，
信可令初學者更有效地掌握發音，迅速提升粵語學習能力。

以往做學問時常聽長輩告誡說：「練拳唔練功，到老一場空。」意思是光練
腳招式，卻沒有基本功法配合，結果也是白練一場而已。當下每見學粵語的朋友
大量時間在講一字一句的學習上，固然學習語言入手之初會從學講字詞句開始，
而累積一定詞彙及句式後，便有進一步掌握發音方法的必要，由此學曉如何能「
里通，百里明」地發準字音。曾遇上不少學講粵語多年，甚至早融入本地生活
人，二、三十年間一直致力學講粵語，但發音仍然多有未準的便大有人在。這一
擾不少人的現象，之所以普遍存在於粵語學習領域中，歸根究柢就在於從一開始
家只知努力學講詞彙句子，卻一直缺乏瞭解發音特點的方法學習，在不明發音原
與方法之下成效自然事倍而功半，徒然虛耗不少學習時間與心力。

希望這本教程可以讓有志學好粵語——尤其香港生活粵語的朋友，能透過
中簡明扼要的介紹與具體有效的練習，藉著進一步掌握粵語發音的特點與方法，
夠在明瞭粵語發音的基本原則理念之下，瞬間學會粵語準確發音的方法竅門，有
升學與融入本地生活之外，同時也能分享一份投入粵語優美語言世界的怡悅。

目 錄

第一章　導論

第一課 粵語語音系統

香港生活粵語是指在香港生活上所通行的粵語，香港粵語一般稱之為「香

話」。香港社會上通行語言除粵語及英語外，還包括了普通話、客家話、潮州話、

上海話及福建話等各種語言。俗稱香港粵語為「香港話」，不過因其屬於生活中的

主要溝通語言而已。要掌握香港粵語發音，先要從粵語的語音系統入手。

一 粵語語音系統概説

粵語是中國七大方言內的粵方言，**香港粵語**屬於以廣州粵語為中心的粵海

(廣府片) 粵語。經過長期的社會發展和生活環境上的不同，香港粵語和廣州粵

兩者在運用上雖然出現一定差異，但語音系統方面基本一致，可藉粵語語音系統

説明語音特色，從而掌握發音上的各種要求。

粵語拼音系統介紹

粵語音節由**聲母**和**韻母**加上**聲調**構成，每一音節開始部分的**輔音**是聲母，其

元音等部分是韻母，掌握聲母與韻母發音再加上聲調，便可將字音準確讀出。

粵語拼音系統以聲母、韻母和聲調標示一個字的粵語音節。例如「聲」字在

州話拼音方案系統中的拼音是「xing[1]」，所標示的「x」是聲母，「ing」是韻母，「

是這個字的聲調。

粵語拼音系統不下十多種，現時通行於香港與廣州較常用的也有七到八種

多[1]，以下採用最接近普通話拼音系統的**廣州話拼音方案**來説明。

1 詳見書後附錄部分各粵語拼音系統説明及通行粵語拼音系統對照表。

廣州話拼音方案簡介

廣州話拼音方案原屬廣東省人民政府教育部門於 1960 年公布拼音方案中，針對廣州話注音的拼音方案。其後方案經語言學者修訂，現時通行的廣州話拼音方案便多採用這一修訂版本。

- 廣州話拼音方案是各種粵語拼音系統中最接近**漢語拼音方案**的一種，由於設計本身特別針對習用漢語拼音方案的內地人士，故此本書用以說明香港粵語的發音特點[2]，令講普通話為主的初學者更容易掌握粵語發音。
- 在針對**香港生活粵語**大前提下，以下各課對粵語語音的講解，會因應香港粵語發音及用語特點，在舉述時盡量採用**香港話**字例及語音。

二　粵語聲調概說

粵語是保存中古聲調系統最完整的語言，粵語保存中古漢語平、上、去、入四聲，又依清濁將聲調分為陰陽兩類。四聲各分陰陽（即高低），成為陰平、陰上、陰去、陰入、陽平、陽上、陽去、陽入 8 個聲調，再從陰入分出中入，故一共有 9 個聲調。以下是根據廣州話拼音方案並列舉例字的粵語聲調表列：

廣州話拼音方案聲調表

調號	1	2	3	4	5	6
調類	陰平	陰上	陰去	陽平	陽上	陽去
例字	詩	史	試	時	市	事
拼音	xi^1	xi^2	xi^3	xi^4	xi^5	xi^6
調類	陰入		中入			陽入
例字	色		錫			食
拼音	xig^1		xig^3			xig^6

本書所採用廣州話拼音方案，依饒秉才主編《廣州音字典》（廣州：廣東人民出版社，1983 年 5 月）內所開列的廣州話拼音方案修訂系統。

粵語聲調辨析

粵語聲調相對較複雜，對初學粵語的人來說，聲調辨析是學習上最大的困難。因聲調用作區分字義和詞性，故此掌握聲調辨析的方法，是學習粵語極其重要的入手工夫。以下介紹兩項辨析粵語聲調的有效方法：

一、　從掌握調值辨析粵語聲調

調值是聲調的實際讀法，指發音時聲調的高低升降及長短等的變化形式。由於**陰入**、**中入**和**陽入**三聲的調值，分別和**陰平**、**陰去**和**陽去**聲相同，在標示調號時僅有從 1 至 6 這六個聲調，故此一般以「**九聲六調**」說明粵語聲調特色。

要準確分辨粵語各不同聲調，可從掌握九聲的調值入手。3 以下是香港粵語各聲調調值的表列及說明[3]：

香港粵語聲調調值表

高低	調值 ╲ 調類	陰平聲	陽平聲	陰上聲	陽上聲	陰去聲	陽去聲	陰入聲	中入聲	陽入聲
高	5	→		↗				→		
半高	4			↗						
中	3			↗	↗	→			→	
半低	2				↗		→			→
低	1		→		↗					

- 調值從低到高用數字 1 至 5 標示聲調的高低，並以向量線條標示聲調變化。
- 以上五度標調在內文中多簡化成以兩個數字標示，或以座標符號標示調值。以下是兼用數字標調與座標符號標調的粵語聲調調值表：

3　香港粵語聲調與廣州粵語的調值稍有不同，詳見本課下文說明。

粵語聲調調值表

調號	1	2	3	4	5	6
調類	陰平	陰上	陰去	陽平	陽上	陽去
調值	˥55/ ˥˧53	˧˥35	˧33	˩11	˩˧13	˨22
例字	詩	史	試	時	市	事
調類	陰入		中入			陽入
調值	˥55/ 5		˧33/ 3			˨22/ 2
例字	色		錫			食

- **香港粵語**陰平聲多發高平調（˥55），**廣州粵語**則較多用高降調（˥˧53）。
- 陰入、中入及陽入調值分別與陰平、陰去、陽去一致，故標示相同調值的「˥55」「˧33」及「˨22」。因發音短促也有標作「˥5」「˧3」及「˨2」的。

藉着調值標示可清楚知道粵語 9 種聲調，發音時的高低升降及長短等變化，便可具體掌握粵語各聲調的發音特色與標準。

二、　從掌握調聲方法辨析粵語聲調

除透過調值分辨聲調外，還可透過調聲練習辨析粵語聲調。調聲方法可利用本地通稱的「**天籟調聲法**」，藉着掌握一二字例在聲調上的變化，由此熟習聲調變化規律後，便可推廣用於辨析任何字聲調。以下是天籟調聲法常用字例及調聲次序表列：

天籟調聲法調聲表

第一遍	陰平	陰上	陰去
	詩 xi^{1}	史 xi^{2}	試 xi^{3}
第二遍	陽平	陽上	陽去
	時 xi^{4}	市 xi^{5}	事 xi^{6}
第三遍	陰入	中入	陽入
	色 xig^{1}	錫 xig^{3}	食 xig^{6}

(一) 天籟調聲法的學習及使用

- 細心聆聽調聲表錄音所讀出例字，仔細分辨九種聲調在讀音上的不同變化。
- 跟從錄音將例字「詩、史、試；時、市、事；色、錫、食」分三遍清楚讀出。
- 熟習以上例子九個聲調的變化後，可將這聲調變化套用到任何字中，準確調出所屬聲調。
- 如要知「忍」字聲調，可依上例聲調變化讀出「因、忍、印；人、引、孕；一、□ (yed³)、逸」九個聲調。因「忍」字出現在讀第一遍的第二個位，故知屬於第 2 聲，即陰上聲。

(二) 天籟調聲法使用要點

天籟調聲法可以簡單準確地找出任何字的聲調，實際運時要注意以下兩點：

1. 不屬於鼻音（收 -m、-n、-ng 韻尾）的字沒有入聲。如以上例子中「詩」字不屬鼻音字，故實際上只有「詩、史、試；時、市、事」六個聲調，「色、錫、食」其實是鼻音字「星 xing¹、醒 xing²、勝 xing³」等的入聲。

2. 調聲時往往遇上有音無字的情況，如以上所舉「忍」字的中入聲（yed³）便是。

粵語與普通話聲調比較

粵語聲調系統較普通話複雜，普通話僅有陰平、陽平、上和去四個聲調，粵語則多達九個聲調。瞭解粵普聲調的差異，便可準確掌握粵語的發音。

粵語與普通話聲調的差異

粵語除比普通話多出三個**入聲**之外，更因**上聲**和**去聲**都分陰陽，而比普通話共多出五個聲調。粵語和普通話比較，兩者在聲調上的差異可表列如下：

	普通話聲調	粵語聲調
舒聲調	陰平聲、陽平聲	陰平聲、陽平聲
	上聲	陰上聲、陽上聲
	去聲	陰去聲、陽去聲
促聲調		陰入聲、中入聲、陽入聲

粵語與普通話聲調的對應

普通話與粵語在聲調方面有明確對應。以下是粵普聲調的對應表列：

粵語與普通話調值對照表

	粵語聲調	調值	普通話聲調	調值
舒聲調	陰平聲	˥55/˥˧53	陰平聲	˥55
	陽平聲	˩11	陽平聲	˧˥35
	陰上聲	˧˥35	上聲	˨˩˦214
	陽上聲	˩˧13		
	陰去聲	˧33	去聲	˥˩51
	陽去聲	˨22		
促聲調	陰入聲	˥55/5	陰平聲 陽平聲 上聲 去聲	˥55 ˧˥35 ˨˩˦214 ˥˩51
	中入聲	˧33/3		
	陽入聲	˨22/2		

- 普通話除**陰平聲**與**香港粵語**同讀高平調 ˥55 外，其餘聲調的高低升降長短等變化，粵普兩者幾乎完全不同，依對應聲調讀反而更易讀錯。

三 粵語聲母概説

粵語聲母簡介

粵語聲母共 19 個。以下是根據廣州話拼音方案並舉例字的粵語聲母表列：

廣州話拼音方案聲母表

聲母	b	p	m	f
例字	巴（ba）	爬（pa）	媽（ma）	花（fa）
聲母	d	t	n	l
例字	打（da）	他（ta）	那（na）	啦（la）
聲母	z (j)	c (q)	s (x)	y
例字	渣（za）	叉（ca）	沙（sa）	也（ya）
聲母	g	k	ng	h
例字	加（ga）	卡（ka）	牙（nga）	蝦（ha）
聲母	gu	ku	w	
例字	瓜（gua）	誇（kua）	蛙（wa）	

- 兩組聲母 z、c、s 和 j、q、x 讀音相同，分別在 j、q、x 用於 i 和 ü 開首的韻母，z、c、s 則用於其他韻母。
- gu 和 ku 都是圓唇的舌根音聲母，u 是表示**圓唇**的符號，不屬於韻母或介音。
- w 和 y 在粵語系統中都屬**半元音**，前面不會出現聲母，粵語都作聲母用。
- 沒有聲母的讀音稱為**零聲母**，一般標示作 Ø，若計入粵語聲母便共有 20 個。

粵語聲母發音方式與特點

粵語聲母的發音方式比普通話更為多樣。以下從**發音部位**及**發音方法**等角度，說明粵語聲母的發音方式與特點。[4]

一、粵語聲母的發音部位

粵語聲母依發音部位可區分為：**唇音**、**舌尖音**、**舌葉音**、**舌根音**、**圓唇舌根音**、**喉音**等。以下是粵語聲母依發音部位的表列：

粵語聲母發音部位表

發音部位	聲　　母				
唇　音	b	p	m	f	w
舌尖音	d	t	n	l	
舌葉音	z (j)	c (q)	s (x)	y	
舌根音	g	k	ng		
圓唇舌根音	gu	ku			
喉　音	h				

粵語聲母不同部位發音特點

發音時氣流會在發音器官的不同位置，在鼻腔、口腔、舌頭和咽喉等處受阻礙，不同的發音部位會形成不同的聲母。以下是粵語聲母的發音部位及說明：

4 各聲母同時在以上發音方式中的分類，可參考本書附錄部分的粵語聲母發音總表。

發音部位圖

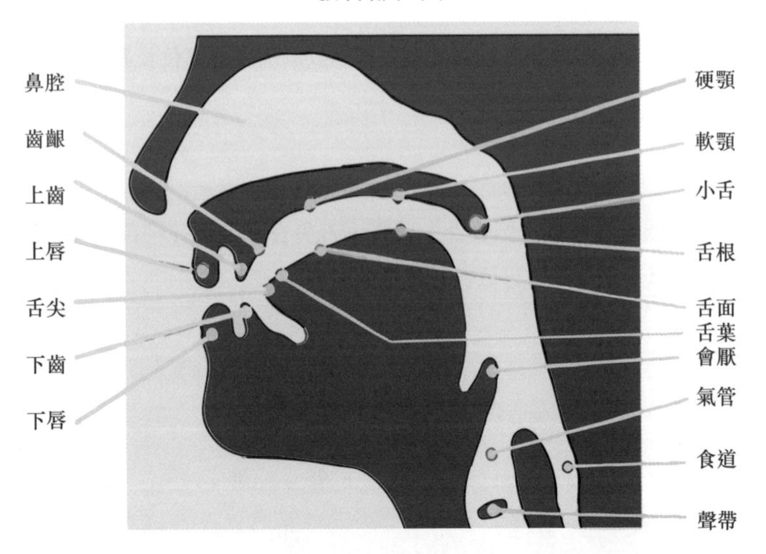

- 唇　音　　發音部位在嘴唇部分，唇音包括雙唇音和唇齒音。
  - 雙唇音　　上下唇閉合做成阻礙發音。粵語雙唇音包括 b、p、m、w 等聲母。
  - 唇齒音　　上門齒接觸下唇做成阻礙發音。f 屬粵語唇齒音聲母。
- 舌尖音　　舌尖接觸上齒齦做成阻礙發音。粵語舌尖音包括 d、t、n、l 等聲母。
- 舌葉音　　舌尖後部與齒齦及硬顎接觸做成阻礙發音。粵語舌葉音包括 z (j)、c (q)、s (x)、y 等聲母。
- 舌根音　　舌根接觸硬顎和軟顎交界處做成阻礙發音。粵語舌根音包括 g、k、ng 等聲母。
- 圓唇舌根音　　舌根接觸硬顎和軟顎交界處，並由兩唇向中間收攏做成阻礙發音。粵語圓唇舌根音包括 gu 和 ku 兩個聲母。
- 喉　音　　氣流經咽喉流出做成阻礙發聲。粵語喉音僅有 h 這個聲母。

二、粵語聲母的發音方法

粵語聲母依照發音時的成阻與除阻方式，一共可分為**塞音**、**擦音**、**塞擦音**、**鼻音**、**邊音**五種。以下是粵語聲母依發音方法的表列：

粵語聲母發音方法表

發音方法	聲　　母				
塞　音	b	d	g	gu	
	p	t	k	ku	
擦　音	f	s (x)	h	y	w
塞擦音	z (j)	c (q)			
鼻　音	m	n	ng		
邊　音	l				

- 塞　音　先讓氣流通道完全閉塞，再突然解除障礙令氣流爆破而出發聲。粵語塞音包括 b、p、d、t、g、k、gu、ku 等聲母。
- 擦　音　將發音部位靠攏成隙縫，讓氣流摩擦而出發聲。粵語擦音包括 f、s (x)、h、y、w 等聲母。
- 塞擦音　結合塞音和擦音的發音方法，先讓氣流通道完全阻塞，再讓氣流從發音部位隙縫流出發聲。粵語塞擦音包括 z (j) 和 c (q) 兩聲母。
- 鼻　音　阻塞口腔中氣流通路，讓氣流通過鼻腔發聲。粵語鼻音包括 m、n、ng 等聲母。
- 邊　音　舌尖抵住上齒齦阻塞口腔中間通道，氣流通過舌頭兩邊而發聲。粵語邊音僅有 l 聲母。

語音學上還依照發音時的送氣與否及聲帶是否振動，將聲母分為**送氣**與**不送氣**，及**清音**與**濁音**。以下是粵語聲母依發音方式的表列及說明：

粵語聲母發音方式表

發音方式	聲　　母				
送氣音	p	t	k	ku	c (q)
不送氣音	b	d	g	gu	z (j)
清　音	b、p、d、t、g、k、gu、ku、z (j)、c (q)、s (x)、f、h				
濁　音	w、y、m、n、ng、l				

- 送氣音　發音時送出氣流較快和較強，時間較持久，氣流通過發音部位做成摩擦發聲，包括 p、t、k、ku、c (q) 等聲母。
- 不送氣音　發音時送出氣流較少和較弱，時間較短暫，發音部位未做成摩擦，包括 b、d、g、gu、z (j) 等聲母。
- 清　音　發音時聲帶不振動的音，屬於清音的有 b、p、d、t、g、k、gu、ku、z (j)、c (q)、s (x)、f、h 等聲母。
- 濁　音　發音時聲帶振動的音，濁音聲母有 w、y、m、n、ng、l 等。

粵語與普通話聲母比較

普通話有 21 個聲母，數量似乎比 19 個聲母的粵語多，然而因粵語沒有**舌尖後音**（翹舌音），加上**舌葉音**不分舌面音與舌尖前音，若減去以上聲母的話，粵語較普通話便多出 5 個聲母。粵普聲母比較的話有以下三種情況：

粵語與普通話相同或相近	b、p、m、f、d、t、n、l、g、k
粵語與普通話相似但有不同	z (j)、c (q)、s (x)、h、w、y
普通話沒有這種聲母	gu、ku、ng

粵普聲母發音差異

- 粵語 z、c、s 和 j、q、x 是同一組聲母的不同寫法，發音完全一樣，有別於普通話分屬兩類不同聲母。
- 粵語聲母 z、c、s 和 j、q、x 屬**舌葉音**，普通話分別屬於**舌尖前音**和**舌面音**。普通話沒有粵語這種舌葉音發音，故此雖然寫法相同，但其實發音有別。
- 普通話沒有粵語 gu 與 ku 這種**圓唇舌根音**聲母，也沒有粵語的 ng 這種**舌根鼻音**聲母。
- 粵語半元音 y 和 w 聲母，跟普通話音系中的 y 和 w 性質並不一致。
- 雖然粵普語音系統內都有 h 聲母，但必須注意是 h 聲母在普通話屬於**舌根音**，在粵語 h 聲母卻屬於**喉音**。

四 粵語韻母概說

粵語韻母簡介

粵語韻母共有 53 個。[5] 以下是根據**廣州話拼音方案**，並舉例字的粵語韻母表列。加上括號的例字是帶聲母的字音，須去除聲母才是韻母本來的讀音。

廣州話拼音方案韻母表

	單純韻母	複合韻母		帶鼻音韻母			促音韻母		
a 行韻母	a	ai	ao	am	an	ang	ab	ad	ag
	呀	挨	拗	（啱）	晏	罌	鴨	押	軛
e 行韻母		ei	eo	em	en	eng	eb	ed	eg
		矮	歐	庵	（恩）	鶯	（急）	（不）	（德）
é 行韻母	é	éi				éng			ég
	（奢）	（非）				（廳）			（尺）
i 行韻母	i		iu	im	in	ing	ib	id	ig
	衣		妖	淹	煙	英	葉	熱	益
o 行韻母	o	oi	ou		on	ong		od	og
	柯	哀	奧		安	（康）		（渴）	惡
u 行韻母	u	ui			un	ung		ud	ug
	烏	（回）			碗	甕		活	屋
ê 行韻母	ê		êu		ên	êng		êd	êg
	（靴）		（居）		（春）	（香）		（出）	（腳）
ü 行韻母	ü				ün			üd	
	於				冤			月	
鼻音韻母				m		ng			
				唔		五			

有學者主張香港粵語多出 éu、ém、én、éd 四個韻母，甚至加入由口頭擬聲而來的更多韻母，但因多屬外來語的音譯詞或象聲詞（如從英語 jam 而來，果占的「占」讀 zém），一般使用率不高，故不另於韻母內加入。

- 韻母 e 是韻母 a 的短音，不會單獨用作韻母，必須與其他元音或輔音結合成複合韻母。
- 當前面沒有聲母時——i 行韻母寫成 yi、yiu、yim、yin、ying、yib、yid、yig；u 行韻母除 ung、ug 外，寫成 wu、wui、wun、wud；ü 行韻母頭上兩點省去寫成 yu、yun、yud。
- 當 ü 韻母與 j、q、x 聲母相拼，或與 ê 組成韻母時，ü 頭上兩點省去寫成 u。

粵語韻母發音方式

粵語 53 個韻母，依**發音方式**可分為**單純韻母、複合韻母、帶鼻音韻母、促音韻母、自成音節鼻音韻母** 5 類。

單純韻母	由單個元音作為韻母，包括：a、é、i、o、u、ê、ü 等 7 個韻母。
複合韻母	由元音與元音組成韻母，包括 ai、ao、ei、eo、éi、iu、oi、ou、êu、ui 等 10 個韻母。
帶鼻音韻母	單純元音與 -m、-n、-ng 等鼻音韻尾組合成帶鼻音的韻母，包括 am、em、im、an、en、in、on、un、ên、ün、ang、eng、éng、ing、ong、ung、êng 等 17 個韻母。
促音韻母	即以 b、d、g 等塞音作韻尾的入聲韻母，因收音短促故稱促音韻母。包括 ab、eb、ib、ad、ed、id、od、ud、êd、üd、ag、eg、ég、ig、og、ug、êg 等 1 個韻母。
自成音節鼻音韻母	粵語韻母還有 m 和 ng 兩個自成音節的鼻音韻母。m 是**雙唇鼻音韻母**，ng 是**舌根鼻音韻母**，兩個韻母都不與其他聲母相拼而自成音節。

廣州話拼音方案韻母發音分類表

單純韻母	a	é	i	o	u	ê	ü			
複合韻母	ai	ao	ei	eo	éi	iu	oi	ou	êu	ui
	am	em	im							
帶鼻音韻母	an	en	in	on	un	ên	ün			
	ang	eng	éng	ing	ong	ung	êng			
	ab	eb	ib							
促音韻母	ad	ed	id	od	ud	êd	üd			
	ag	eg	ég	ig	og	ug	êg			
自成音節鼻音韻母	m	ng								

粵語韻母發音特點

粵語韻母的構成方式較普通話複雜，除**單純韻母**、**複合韻母**與**帶鼻音韻母**外，還有由元音與塞音韻尾組成的**促音韻母**，及**自成音節鼻音韻母**，都是普通話所無的。

元音是構成粵語韻母的最主要部分，粵語韻母有 8 個**主要元音** —— 除單純韻母 a、é、i、o、u、ê、ü 等 7 個元音外，還有僅見於複合韻母內的 e 元音。

元音音色差異要素及舌位圖

元音是在發音時氣流通過不受阻礙而發的聲音，各元音在**音色**上的差異取決於以下三方面：

舌頭位置	發音時舌頭位置的前、中、後及高低升降，直接影響元音音色。如發元音 i 時舌位在最前，發 u 時舌位在最後。又如發元音 ü 時舌頭在高位，發 a 時便降到最低位置。
嘴唇形狀	發音過程中嘴唇的圓與展，影響發出元音有不同音色。如發元音 o、u、ü、ê 時都要圓唇，發 a、é、i 等元音時便不會圓唇。
口腔開合	發音時口腔開合的大小程度，也影響元音產生不同音色。如發元音 a 時嘴巴張開得最大，發 i 或 u 時嘴巴便會收攏起來。

以下是依**廣州話拼音方案**標示的粵語**元音舌位圖**，圖中包括了元音舌位的前後及高低，與唇形圓展及不同程度開合口的標示：

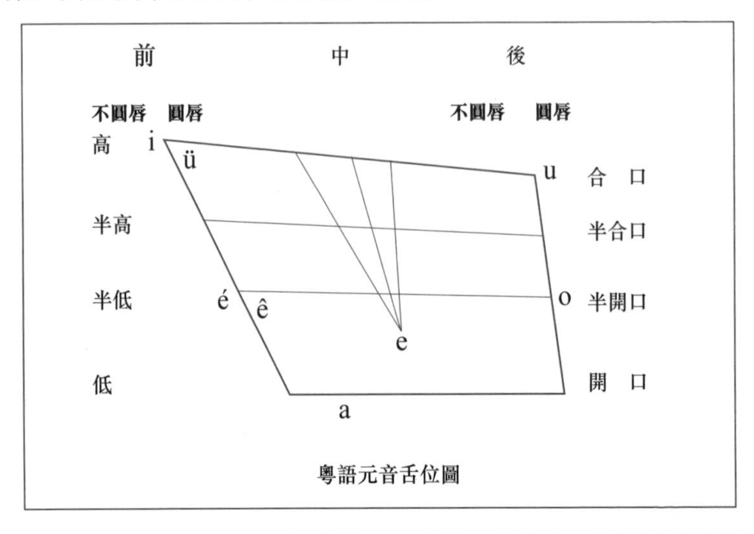

粵語元音舌位圖

- 舌位圖中**橫綫**標示舌位的高低及口形的開合程度，**直綫**標示舌位的前、中、後位。
- 舌位圖中**左右兩邊的直綫**標示元音不同唇形 —— 處於直綫左面的屬**不圓唇元音**，右面的屬**圓唇元音**。

粵語與普通話韻母比較

粵語韻母不但數量較普通話多，而且種類亦多於普通話。兩者整體比較的話粵語與普通話韻母差異可概括為以下幾方面：

- 粵語**單純韻母**中 a、é、i、o、u、ü 等 6 個韻母，分別與普通話的 a、e i、o、u、ü 等韻母發音相同或相似。
- 粵語 ê 韻母的發音是普通話所無的（與普通話的 ê 不同），連帶由 ê 組成的êu、ên、êng 等複合韻母及 êd 與 êg 兩促音韻母，同樣不見於普通話韻母
- 粵語韻母不包含 i 與 u 等**介音**，故此普通話比粵語多 12 個包括介音的韻母。
- 普通話**入聲**消失，粵語則保留入聲。粵語較普通話多 17 個分別以 -b -d、-g 為韻尾的**促音韻母**。

- 普通話沒有粵語帶鼻音 -m 韻尾的 am、em、im 等**雙唇音韻母**，也沒有粵語 m 和 ng 兩**自成音節的鼻音韻母**。
- **香港粵語**長期受到外來語影響，有些常用字詞的讀音僅通行於香港本地。語言學學者歸納後便指出香港粵語 éu、ém、én、éd 等，不但屬於普通話沒有的韻母，亦不見於**廣州粵語**之中，這在學習**香港生活粵語**時需特別注意。

第二章　聲調篇

第二課

粵語平聲與陰入聲聲調

聲調特點

粵語是保存**中古聲調系統**最完整的語言，具備四聲之外，又依**清濁**分為**陰陽兩**類。普通話僅平聲分陰陽，此外入聲都派入到其他三聲。由於平聲同樣分陰陽，所以可具體比較粵普之間平聲的發音異同。

香港粵語與**廣州粵語**發音差異在平聲，**香港粵語**與**普通話**聲調最接近的也在平聲。由於粵語**陰入聲**調值和**陰平聲**一致，故此在這裏一併説明兩者聲調上的特點。

發音要點

- 粵語**平聲**的最大特點 —— 尤其**香港粵語**，主要都是聲調平直，發音少升降變化的舒聲調。
- 初學粵語者易受普通話影響，將**陽平聲**讀成接近普通話的升調，如將「常 sêng^4」讀成「想 sêng^2」。這問題只要發音時保持聲調平直便可解決。
- 另一易犯毛病是**陽平聲**讀得不夠低，經常讀成粵語的**陰去聲**或**陽去聲**，如將「時 xi^4」讀成調值較高的「試 xi^3」或「事 xi^6」。發音時盡量保持降低聲調，便可解決問題。
- 還有常犯錯誤，是發音時聲調過長，將**陰入聲**講成粵語第一聲的**陰平聲**，只要注意入聲**短促急收**特點，發音時不能拉長便可解決。

粵語陰平聲聲調特點

- 粵語**陰平聲**字有兩種聲調變化，**香港粵語**陰平聲習慣讀高平調˥55，**廣州粵語**則多讀作高降調˥53。
- **香港粵語**讀高平調˥55的陰平聲字，與**普通話**陰平聲字調值大多對應。像**香港粵語**的「詩 xi^1」「沙 sa^1」和「媽 ma^1」，便對應於**普通話**同樣讀高平調˥55的陰平聲字「詩 shī」「沙 shā」和「媽 mā」。陰平聲是香港粵語與普通話調值最接近的聲調。

粵語陽平聲聲調特點

- 粵語**陽平聲**字在讀得快時聲調會稍微下降，故或有將調值標成**低降調**˨˩21。然而一般都以**低平調**˩11作標準。

粵語陰入聲聲調特點

- 粵語**陰入聲**與**陰平聲**調值同屬高平調˥55。在標示**陰入聲**調值時也有標作˥5，以表示其聲調短促特點。
- 因**陰入聲**調值與**陰平聲**相同，拼音標示**調號**時同樣標成1。如**陰平聲**的「因 yen^1」及**陰入聲**的「一 yed^1」便如此。
- **陰入聲**和**陰平聲**可從音標韻母部分區分，凡收 -b、-d、-g 韻尾的都是**入聲**。如「先 xin^1」韻尾收 n 屬**陰平聲**，「色 xig^1」韻尾收 g 的便屬**陰入聲**。

聲調發音練習

以下是針對香港粵語聲調的辨析練習，注意**陽平聲**字因與普通話調值相差頗遠，是最易讀錯的一個聲調。

陰平聲與陽平聲聲調特點

細心聆聽以下各**陰平聲**與**陽平聲**字的發音，然後用粵語準確讀出。

- 在聆聽時請注意兩種聲調在發音上的高低差別，在朗讀時請盡量區分**陰平聲**與**陽平聲**兩組字音在聲調上的不同。

陰平聲	陽平聲
巴 ba^{1}	爸 ba^{4}
蝦 ha^{1}	霞 ha^{4}
返 fan^{1}	煩 fan^{4}
清 qing^{1}	情 qing^{4}
天 tin^{1}	田 tin^{4}

2. 細心聆聽以下各**陰平聲**詞語發音，然後用粵語準確讀出。

青蛙 qing^{1} wa^{1}	西醫 sei^{1} yi^{1}	通知 tung^{1} ji^{1}
高山 gou^{1} san^{1}	悲哀 béi^{1} oi^{1}	西多 sei^{1} do^{1}
私家 xi^{1} ga^{1}	今朝 gem^{1} jiu^{1}	叉燒 ca^{1} xiu^{1}

3. 細心聆聽以下各**陽平聲**詞語發音，然後用粵語準確讀出。

人才 yen^{4} coi^{4}	輪船 lên^{4} xun^{4}	琵琶 péi^{4} pa^{4}
悠閒 yeo^{4} han^{4}	銀行 ngen^{4} hong^{4}	調和 tiu^{4} wo^{4}
紅茶 hung^{4} ca^{4}	牛油 ngeo^{4} yeo^{4}	時期 xi^{4} kéi^{4}

陰入聲聲調特點

1. 細心聆聽以下各**陰平聲**與**陰入聲**字的發音，然後用粵語準確讀出。

- 在聆聽時請注意兩種聲調在發音上的高低和長短差別，在朗讀時請盡量
  分**陰平聲**與**陰入聲**兩組字在韻尾收音上的不同。

陰平聲	陰入聲
因 yen^{1}	一 yed^{1}
今 gem^{1}	急 geb^{1}
耽 dam^{1}	嗒 dab^{1}
崩 beng^{1}	北 beg^{1}
邊 bin^{1}	必 bid^{1}

細心聆聽以下各**陰入聲**詞語發音，然後用粵語準確讀出。

出擊 cêd[1] gig[1]	漆黑 ced[1] heg[1]	不足 bed[1] zug[1]
恰恰 heb[1] heb[1]	倏忽 sug[1] fed[1]	蟋蟀 xig[1] sêd[1]
禿筆 tug[1] bed[1]	一匹 yed[1] ped[1]	哭泣 hug[1] yeb[1]

聲調辨析練習

陰平聲與陽平聲聲調辨析

細心聆聽以下各詞語讀音，然後用粵語依次準確讀出。小心區別其中**陰平聲**與**陽平聲**聲調，注意辨別發音時聲調的高低差異。

陰平聲	陽平聲
司機 xi[1] géi[1]	時機 xi[4] géi[1]
青色 qing[1] xig[1]	程式 qing[4] xig[1]
無憂 mou[4] yeo[1]	無由 mou[4] yeo[4]
初頭 co[1] teo[4]	鋤頭 co[4] teo[4]
沖身 cung[1] sen[1]	重新 cung[4] sen[1]
三千 sam[1] qin[1]	三錢 sam[1] qin[4]

粵語「初頭」即起初的意思。

細心聆聽音檔讀音，並在下列詞語音標聲調空位處填上正確的調號。

浮誇	feo______kua______	醫療	yi______ liu______
龍蝦	lung______ ha______	蘭花	lan______ fa______
茶杯	ca______ bui______	身材	sen______ coi______

陰平聲與陰入聲聲調辨析

1. 細心聆聽錄音，然後寫出以下各拼音的相關詞語。

pin¹ ceb¹ ________　　zim¹ seb¹ ________

geb¹ sêu¹ ________　　qing¹ xig¹ ________

xiu¹ xig¹ ________　　go¹ kug¹ ________

粵普聲調差異

陰平聲與陽平聲的對應差異

普通話和粵語的平聲都分為陰陽兩類，一般來説粵語的**陰平聲**大多對應於
通話的**陰平聲**，**陽平聲**也多對應於普通話的**陽平聲**，如粵語「天才 tin¹ coi⁴」一詞
普通話唸「tiān cái」，聲調上便完全對應。

粵語平聲與普通話調值對照表

	粵語聲調	調值	普通話聲調	調值
舒聲調	陰平聲	˥55 / ˥˧53	陰平聲	˥55
	陽平聲	˩11 / ˨˩21	陽平聲	˧˥35

雖然粵語**陰平聲**和**陽平聲**多與普通話聲調對應，然而有些例外的情況必須
意，以下是兩者之間的常見差異：

■ 有些普通話屬**陰平聲**的字，粵語則屬**陽平聲**。受普通話的影響，容易將粵語
平聲的字誤讀成陰平聲。

普通話陰平聲 ——→ 粵語陽平聲

以下是一些普通話屬陰平聲，而粵語則屬陽平聲的常見字：

	普通話	粵語
堤	dī	tei^{4}
帆	fān	fan^{4}
酣	hān	hem^{4}
殊	shū	xu^{4}
微	wēi	méi^{4}
耶	yē	yé^{4}

■ 有些普通話屬**陽平聲**的字，粵語則屬**陰平聲**。小心受普通話影響，而將粵語陰平聲的字誤讀成陽平聲。

普通話陽平聲 ——→ 粵語陰平聲

以下是一些普通話屬陽平聲，而粵語則屬陰平聲的常見字：

	普通話	粵語
嘲	cháo	zao^{1}
打	dá	da^{1}
孚	fú	fu^{1}
奎	kuí	fui^{1}
魔	mó	mo^{1}
綏	suí	sêu^{1}

「打」這裏是用作量詞（如「一打」）時的讀音。

陰入聲與普通話聲調的對應

粵語**陰入聲**對應普通話各聲調 —— 當中主要屬**去聲**，其次是**陰平聲**，與**陽平聲**及**上聲**對應的字較少。

■ 不少普通話**去聲**的字，在粵語中屬**陰入聲**。受普通話影響容易將粵語陰入聲的字誤讀成去聲。

普通話去聲 ——→ 粵語陰入聲

以下是一些普通話屬去聲，而粵語則屬陰入聲的常見字：

	普通話	粵語
必	bì	bid1
側	cè	zeg1
克	kè	heg1
色	sè	xig1
速	sù	cug1
適	shì	xig1

- 有些普通話屬**陰平聲**的字，在粵語中屬**陰入聲**。受普通話影響，容易將粵語陰入聲的字誤讀成陰平聲。

普通話陰平聲 ——→ 粵語陰入聲

以下是一些普通話屬陰平聲，而粵語則屬陰入聲的常見字：

	普通話	粵語
一	yī	yed1
七	qī	ced1
出	chū	cêd1
失	shī	sed1
屋	wū	ug1
黑	hēi	heg1

粵普聲調差異辨別練習

選取以下詞語所標示的正確拼音，在答案的空位上加上 ✓ 號。

查詢	ca^{1} sên^{1}	______	ca^{4} sên^{1}	______	ca^{4} sên^{4}	______
魁梧	fui^{1} ng^{1}	______	fui^{1} ng^{4}	______	fui^{4} ng^{4}	______
脂肪	ji^{1} fong^{1}	______	ji^{1} fong^{4}	______	ji^{4} fong^{4}	______
崎嶇	kéi^{1} kêu^{1}	______	kéi^{4} kêu^{1}	______	kéi^{4} kêu^{4}	______
摩天	mo^{1} tin^{1}	______	mo^{4} tin^{1}	______	mo^{4} tin^{4}	______
檸檬	ning^{1} mung^{1}	______	ning^{4} mung^{1}	______	ning^{4} mung^{4}	______
滂沱	pong^{1} to^{1}	______	pong^{1} to^{4}	______	pong^{4} to^{4}	______
悠閒	yeo^{1} han^{1}	______	yeo^{1} han^{4}	______	yeo^{4} han^{4}	______

♪歌學粵語

聆聽錄音及跟唱以下粵語歌曲，然後在右面空格內，分別寫上歌詞內屬於**陰平**、**陽平**及**陰入聲**聲調的字。

你當我是浮誇吧　誇張只因我很怕
似木頭　似石頭的話　得到注意嗎
其實怕被忘記　至放大來演吧
很不安　怎去優雅

——陳奕迅《浮誇》

陰平聲________________

陽平聲________________

陰入聲________________

答 案

聲調辨析練習

陰平聲與陽平聲聲調辨析

2. 細心聆聽音檔讀音，並在下列詞語音標聲調空位處填上正確的調號。

浮誇	feo 4 kua 1	醫療	yi 1 liu 4
龍蝦	lung 4 ha 1	蘭花	lan 4 fa 1
茶杯	ca 4 bui 1	身材	sen 1 coi 4

陰平聲與陰入聲聲調辨析

1. 細心聆聽錄音，然後寫出以下各拼音的相關詞語。

pin^1 ceb^1	編輯	zim^1 seb^1	沾濕
geb^1 sêu^1	急需	qing^1 xig^1	清晰
xiu^1 xig^1	消息	go^1 kug^1	歌曲

粵普聲調差異辨別練習

查詢	ca^1 sên^1		ca^4 sên^1	✓	ca^4 sên^4	
魁梧	fui^1 ng^1		fui^1 ng^4	✓	fui^4 ng^4	
脂肪	ji^1 fong^1	✓	ji^1 fong^4		ji^4 fong^4	
崎嶇	kéi^1 kêu^1	✓	kéi^4 kêu^1		kéi^4 kêu^4	
摩天	mo^1 tin^1	✓	mo^4 tin^1		mo^4 tin^4	
檸檬	ning^1 mung^1		ning^4 mung^1		ning^4 mung^4	
滂沱	pong^1 to^1		pong^1 to^4		pong^4 to^4	✓
悠閒	yeo^1 han^1		yeo^1 han^4		yeo^4 han^4	✓

歌學粵語

- 聆聽錄音及跟唱以下粵語歌曲，然後在右面空格內，分別寫上歌詞內屬於**陰平**、**陽平**及**陰入聲**聲調的字。

你當我是浮誇吧　誇張只因我很怕
似木頭　似石頭的話　得到注意嗎
其實怕被忘記　至放大來演吧
很不安　怎去優雅

——陳奕迅《浮誇》

陰平聲 誇、張、因、安、優
陽平聲 浮、頭、其、忘、來
陰入聲 的、得、不

陰平聲 誇 kua[1]、張 zêng[1]、因 yen[1]、安 on[1]、優 yeo[1]
陽平聲 浮 feo[4]、頭 teo[4]、其 kéi[4]、忘 mong[4]、來 loi[4]
陰入聲 的 dig[1]、得 deg[1]、不 bed[1]

第三課 粵語陰上聲與陽上聲聲調

聲調特點

粵語完整地保存**中古聲調系統**，不但四聲齊全，更依清濁分為陰陽兩類，故
粵語**上聲**與普通話最大不同是有**陰上聲**和**陽上聲**之分。

發音要點

- 粵語上聲的最大特點是都屬**上升調**，與普通話屬**曲折調**的上聲，在聲調
化上有顯著區別。
- 初學者易受普通話影響，發音時將上聲字拖長，讀成先降後升的曲折調
發音時將聲調一口氣提升，不能在聲調上有任何轉折變化便可解決問題
- 另一常犯毛病是發**陰上聲**時聲調提得不夠高，變成類似**陽上聲**。如將「
xi^2」講成聲調較低的「市 xi^5」。發音時一開始即盡量提高聲調便可解決
問題。

粵語陰上聲聲調特點

- **粵語陰上聲**屬高升調 ˧˥35 ，發音時聲調變化會從中間上升到最高。
- **普通話上聲**聲調屬曲折調 ˨˩˦214 ，發音時聲調先降後升，與粵語屬高升調
陰上聲在聲調變化上有頗大差距。

■ 因**粵語陰上聲**字調值是 ˧˥35，和**普通話陽平聲**調值 ˧˥35 相同，講普通話人士常分不清粵語陽平聲和陰上聲，如將陽平聲的「華 wa⁴」有講成「畫 wa²」的。

粵語陽上聲聲調特點

■ **粵語陽上聲**屬低升調 ˩˧13，發音時聲調變化是從最低上升到中間。

■ **粵語陽上聲**調值較接近**普通話上聲**聲調，一般講普通話人士多會講得較準確。

聲調發音練習

粵語**陰上聲**調值是 ˧˥35，**陽上聲**調值是 ˩˧13，兩者同屬升高調，不同處僅在於**聲調高低**之分。以下是有助掌握及區分粵語陰上聲和陽上聲的練習。

陰上聲與陽上聲聲調特點

細心聆聽以下各**陰上聲**與**陽上聲**字的發音，然後用粵語準確讀出。

■ 在聆聽時請注意兩種聲調在發音上的高低差別，在朗讀時請盡量區分**陰上聲**與**陽上聲**兩組字音在聲調上的不同。

陰上聲	陽上聲
啞 nga²	雅 nga⁵
杬 lam²	覽 lam⁵
矮 ngei²	蟻 ngei⁵
洱 néi²	你 néi⁵
淺 cin²	踐 cin⁵

「洱」字用香港粵語普洱茶的讀音。

細心聆聽以下各**陰上聲**詞語發音，然後用粵語準確讀出。

畀錢 béi² qin²	點睇 dim² tei²	幾位 géi² wei²
採訪 coi² fong²	倒瀉 dou² sé²	稿紙 gou² ji²
取巧 cêu² hao²	矮仔 ei² zei²	散銀 san² ngen²

粵語「畀」即給的意思。「點睇」即怎麼看一件事情。「散銀」即零錢或硬幣。

3. 細心聆聽以下各**陽上聲**詞語發音，然後用粵語準確讀出。

婦女 fu^5 nêu^5	冷眼 lang^5 ngan^5	爾雅 yi^5 nga^5
厚禮 heo^5 lei^5	淡奶 tam^5 nai^5	引誘 yen^5 yeo^5
魯莽 lou^5 mong^5	永遠 wing^5 yun^5	軟語 yun^5 yu^5

聲調辨析練習

陰上聲與陽上聲聲調辨析

1. 細心聆聽以下各詞語讀音，然後用粵語依次準確讀出。小心區別其中**陰上聲**與**陽上聲**聲調，注意辨別發音時聲調的高低差異。

陰上聲	陽上聲
啞然　nga^2 yin^4	雅言　nga^5 yin^4
人口　yen^4 heo^2	仁厚　yen^4 heo^5
粉身　fen^2 sen^1	奮身　fen^5 sen^1
施捨　xi^1 sé^2	詩社　xi^1 sé^5
不齒　bed^1 qi^2	不似　bed^1 qi^5
掩飾　yim^2 xig^1	染色　yim^5 xig^1

2. 細心聆聽音檔讀音，並在下列詞語音標聲調空位處填上正確的調號。

首領	seo____ ling____	渺小	miu____ xiu____
瓦解	nga____ gai____	理想	léi____ sêng____
買手	mai____ seo____	海馬	hoi____ ma____

粵語「買手」即採購員。

細心聆聽錄音，然後寫出以下各拼音的相關詞語。

lou^5 fu^2	______________	gon^2 sêng^5	______________
wong^5 fan^2	______________	ho^2 yi^5	______________
zên^2 hêu^2	______________	wing^5 geo^2	______________

粵普聲調差異

粵普上聲的對應與分別

粵語上聲大多對應普通話上聲，如粵語「長老 zêng^2 lou^5」一詞，普通話唸作「zhǎng lǎo」，在聲調上便完全對應。以下是粵普上聲調值的對照：

粵語與普通話上聲調值對照表

粵語聲調	調值	普通話聲調	調值
陰上聲	˧˥ 35	上聲	˨˩˦214
陽上聲	˩˧13		

對照可見兩者聲調上雖明顯對應，然而調值完全不同，故此必須撇除普通話影響，從高升調和低升調掌握陰上聲和陽上聲聲調變化才會講得準確。

普通話去聲與粵語上聲的對應

雖然**粵語上聲**和普通話大部分都直接對應，然而還有以下較常見的情況：

不少普通話屬**去聲**的字，在粵語中都屬**陽上聲**。受普通話影響，容易將粵語陽上聲的字誤讀成去聲。

普通話去聲 ——→ 粵語陽上聲

以下是一些普通話屬**去聲**，而粵語則屬**陽上聲**的常見字：

	普通話	粵語
抱	bào	pou^{5}
倍	bèi	pui^{5}
奮	fèn	fen^{5}
厚	hòu	heo^{5}
似	sì	qi^{5}
社	shè	sé^{5}

- 也有少量普通話屬**去聲**的字在粵語中屬**陰上聲**。受普通話影響，便易將粵語陰上聲誤讀成去聲。

普通話去聲 ──→ 粵語陰上聲

以下是一些普通話屬**去聲**，而粵語屬**陰上聲**的常見字：

	普通話	粵語
苑	yuàn	yun^{2}
卉	huì	wei^{2}
境	jìng	ging^{2}
映	yìng	ying^{2}
畫	huà	wa^{2}
紀	jì	géi^{2}

粵普聲調差異辨別練習

- 選取以下詞語所標示的正確拼音，在答案的空位上加上 ✓ 號。

婉轉　yun^{2} jun^{2} ______　yun^{2} jun^{5} ______　yun^{5} jun^{5} ______

老友　lou^{2} yeo^{2} ______　lou^{2} yeo^{5} ______　lou^{5} yeo^{5} ______

懶理	lan² léi²	______	lan² léi⁵	______	lan⁵ léi⁵	______
水魚	sêu² yu¹	______	sêu² yu²	______	sêu⁵ yu⁵	______
五柳	ng² leo²	______	ng² leo⁵	______	ng⁵ leo⁵	______
繪畫	kui² wa²	______	kui² wa⁵	______	kui⁵ wa⁵	______
每晚	mui² man²	______	mui⁵ man²	______	mui⁵ man⁵	______
理睬	léi² coi²	______	léi⁵ coi²	______	léi⁵ coi⁵	______

詩學粵語

聆聽錄音及學習試用粵語吟誦以下詩詞，然後在右面空格內，分別寫上歌詞內聲調屬於**陰上聲**及**陽上聲**的字。

葡萄美酒夜光杯，欲飲琵琶馬上催。
醉臥沙場君莫笑，古來征戰幾人回。

—— 王翰《涼州詞》

陰上聲________________

陽上聲________________

答案

聲調辨析練習

陰上聲與陽上聲聲調辨析

2. 細心聆聽音檔讀音，並在下列詞語音標聲調空位處填上正確的調號。

首領	seo _2_ ling _5_	渺小	miu _5_ xiu _2_
瓦解	nga _5_ gai _2_	理想	léi _5_ sêng _2_
買手	mai _5_ seo _2_	海馬	hoi _2_ ma _5_

3. 細心聆聽錄音，然後寫出以下各拼音的相關詞語。

lou^5 fu^2	老虎	gon^2 sêng^5	趕上
wong^5 fan^2	往返	ho^2 yi^5	可以
zên^2 hêu^2	准許	wing^5 geo^2	永久

粵普聲調差異辨別練習

婉轉	yun^2 jun^2	✓	yun^2 jun^5		yun^5 jun^5	
老友	lou^2 yeo^2		lou^2 yeo^5		lou^5 yeo^5	✓
懶理	lan^2 léi^2		lan^2 léi^5		lan^5 léi^5	✓
水魚	sêu^2 yu^1		sêu^2 yu^2	✓	sêu^5 yu^5	
五柳	ng^2 leo^2		ng^2 leo^5		ng^5 leo^5	✓
繪畫	kui^2 wa^2	✓	kui^2 wa^5		kui^5 wa^5	
每晚	mui^2 man^2		mui^5 man^2		mui^5 man^5	✓
理睬	léi^2 coi^2		léi^5 coi^2	✓	léi^5 coi^5	

詩學粵語

聆聽錄音及學習試用粵語吟誦以下詩詞，然後在右面空格內，分別寫上歌詞內聲調屬於**陰上聲**及**陽上聲**的字。

葡萄美酒夜光杯，欲飲琵琶馬上催。
醉臥沙場君莫笑，古來征戰幾人回。

—— 王翰《涼州詞》

陰上聲	酒、飲
	古、幾
陽上聲	美、馬

陰上聲　酒 zeo^{2}、飲 yem^{2}、古 gu^{2}、幾 géi^{2}

陽上聲　美 méi^{5}、馬 ma^{5}

第四課

粵語去聲與中入聲及陽入聲聲調

聲調特點

粵語去聲與**普通話**最大不同，也是有**陰去聲**和**陽去聲**之分。粵語去聲調的最大特點是不論陰陽都屬**平調**，在聲調變化上明顯有別於普通話去聲。

粵語入聲除分陰陽外，還由**陰入聲**分出**中入聲**。粵語**中入聲**和**陽入聲**調值分別與**陰去聲**和**陽去聲**一致，所以在此一起説明聲調上的特點。

發音要點

- **粵語去聲**最大特點是全屬平調，陰去聲屬**中平調**，陽去聲屬**次低平調**。
- 講普通話人士常犯毛病，是將粵語**平調**的去聲，講成普通話的**全降調**。注意發音時保持聲調平直，不講成大幅下降語調便可解決。
- 另一不易準確講粵語去聲原因，是受普通話影響而在起音時提高了聲調，將**去聲**講成接近**陰平聲**。開始時先將聲調降低，不要將起音提高便可解決
- **粵語入聲**特點在收音急促，若發**中入聲**或**陽入聲**時聲音稍長，便易變成陰**去聲**或**陽去聲**。發音時盡量做到收音短促不拖長聲調，即可解決這問題。

粵語陰去聲聲調特點

- **粵語陰去聲**屬中平調 ˧33，發音時聲調從中間開始再平直地延伸。
- **普通話去聲**屬全降調 ˥˩51，發音時聲調從最高降到最低，與粵語屬中平調的陰去聲在聲調變化上有明顯分別。

- 因**普通話去聲**發音從聲調最高位開始，故此初學者往往將粵語陰去聲講成接近陰平聲，例如將「愛 oi[3]」講成「哀 oi[1]」。只要發音開始時，注意將聲調稍降低便可解決問題。

粵語陽去聲聲調特點

- **粵語陽去聲**屬次低平調 ˨22，發音時聲調從次低位平直地延伸。
- 講普通話人士也常將粵語**陽去聲**講成**陰平聲**，例如有些人會將「父 fu[6]」講成聲調較高的「夫 fu[1]」。
- 因**粵語陽去聲**調值 ˨22 較接近**普通話上聲**，不少初學者易將粵語**陽上聲**與**陽去聲**混淆。

粵語中入聲與陽入聲聲調特點

- **粵語入聲**分陰陽之外，又從**陰入聲**分出**中入聲**，故此共有三種入聲之多。
- **粵語中入聲**與陰去聲同屬**中平調** ˧33；**陽入聲**與**陽去聲**同屬**次低平調** ˨22 。
- **陰去聲**與**中入聲**分別，及**陽去聲**與**陽入聲**分別，都僅在於後者收音較短促。

聲調發音練習

普通話沒有入聲，去聲也從最高聲調開始，故此要講粵語起音較低而平直的**去聲**，或發音低而短促的**中入**與**陽入聲**，對初學者來說都會有一定的難度。

陰去聲與陽去聲聲調特點

1. 細心聆聽以下各**陰去聲**與**陽去聲**字的發音，然後用粵語準確讀出。
   - 在聆聽時請注意兩種聲調在發音上的高低差別，在朗讀時請盡量區分陰去聲與陽去聲兩組字音在聲調上的不同。

陰去聲	陽去聲
霸 ba[3]	罷 ba[6]
拜 bai[3]	敗 bai[6]
孝 hao[3]	效 hao[6]
秘 béi[3]	備 béi[6]
漢 hon[3]	汗 hon[6]

2. 細心聆聽以下各**陰去聲**詞語發音，然後用粵語準確讀出。

懺悔 cam^3 fui^3	見怪 gin^3 guai^3	孝敬 hao^3 ging^3
帶貨 dai^3 fo^3	咁貴 gem^3 guei^3	贊歎 zan^3 tan^3
介意 gai^3 yi^3	正價 jing^3 ga^3	再次 zoi^3 qi^3

粵語「咁」是這麼的意思。

3. 細心聆聽以下各**陽去聲**詞語發音，然後用粵語準確讀出。

便利 bin^6 léi^6	命令 ming^6 ling^6	義務 yi^6 mou^6
系列 hei^6 lid^6	盛大 xing^6 dai^6	願望 yun^6 mong^6
後備 heo^6 béi^6	會面 wui^6 min^6	重視 zung^6 xi^6

中入聲與陽入聲聲調特點

1. 細心聆聽以下各**中入聲**與**陽入聲**字的發音，然後用粵語準確讀出。

- 在聆聽時請注意兩種聲調在發音上的高低和長短差別，朗讀時請盡量區分中入聲與陽入聲兩組字在聲調高低上的不同。

中入聲	陽入聲
搭 dab^3	踏 bab^6
百 bag^3	白 bag^6
劫 gib^3	夾 gib^6
醃 yib^3	業 yib^6
跌 did^3	必 did^6

「夾」口語讀 gib^6，如「挾腳」，擠逼的意思。
「醃」口語讀 yib^3，如「醃餸」。

2. 細心聆聽以下各**中入聲**詞語發音，然後用粵語準確讀出。

八折 bad^3 jid^3	節約 jid^3 yêg^3	鐵塔 tid^3 tab^3
伯爵 bag^3 zêg^3	拙劣 jud^3 lüd^3	脫髮 tüd^3 fad^3

搭客 dab³ hag³	刮削 guad³ sêg³	說法 xud³ fad³

3. 細心聆聽以下各**陽入聲**詞語發音，然後用粵語準確讀出。

白石 bag⁶ ség⁶	合十 heb⁶ seb⁶	綠玉 lug⁶ yug⁶
別宅 bid⁶ zag⁶	學習 hog⁶ zab⁶	木葉 mug⁶ yib⁶
特立 deg⁶ leb⁶	落力 log⁶ lig⁶	逆襲 yig⁶ zab⁶

聲調辨析練習

陰去聲與陽去聲聲調辨析

1. 細心聆聽以下各詞語讀音，然後用粵語依次準確讀出。小心區別其中**陰去聲**與**陽去聲**聲調，注意辨別發音時聲調的高低差異。

陰去聲	陽去聲
帶笑　dai³ xiu³	大笑　dai⁶ xiu³
孝友　hao³ yeo⁵	校友　hao⁶ yeo⁵
皇帝　wong⁴ dei³	皇弟　wong⁴ dei⁶
一擔　yed¹ dam³	一啖　yed¹ dam⁶
意見　yi³ gin³	異見　yi⁶ gin³
債主　zai³ ju²	寨主　zai⁶ ju²

2. 細心聆聽音檔讀音，並在下列詞語音標聲調空位處填上正確的調號。

詫異	ca____ yi____	調換	diu____ wun____
道路	dou____ lou____	建樹	gin____ xu____
大廈	dai____ ha____	鎮定	zen____ ding____

中入聲與陽入聲聲調辨析

1. 細心聆聽音檔讀音，並在下列詞語音標聲調空位處填上正確的調號。

百搭	bag____ dab____	作客	zog____ hag____
尺八	cég____ bad____	惡賊	og____ cag____
哲學	jid____ hog____	薄責	bog____ zag____

陰去聲、陽去聲、中入聲與陽入聲聲調辨析

1. 細心聆聽錄音，然後寫出以下各拼音的相關詞語。

doi^{6} tei^{3}	____________	ngoi^{6} déi^{6}	____________
fo^{3} bei^{6}	____________	oi^{3} mou^{6}	____________
heo^{6} min^{6}	____________	yi^{3} yun^{6}	____________
cag^{3} wag^{6}	____________	ség^{6} tab^{3}	____________
dug^{6} deg^{6}	____________	yud^{6} lig^{6}	____________
gid^{3} zab^{6}	____________	zab^{6} zug^{6}	____________

粵普聲調差異

粵普去聲的對應與分別

一般情況下**粵語去聲**大多與**普通話去聲**對應，如粵語讀去聲的「夏季 ha guei^{3}」一詞，普通話也讀作去聲「xià jì」，兩者在聲調上便完全對應。雖然粵普去聲聲調上有明確的對應關係，然而兩者在聲調變化上卻有不同，以下是兩者調值的對照表：

粵語與普通話去聲調值對照表

粵語聲調	調值	普通話聲調	調值
陰去聲	˧33	去聲	˥˩51
陽去聲	˨22		

- **粵語去聲**分屬**中平調**與**次低平調**，和**普通話**高降調不同。要發音準確的話，先將開始發音的聲調降低，而且須一直保持平直。

普通話與粵語去聲的對應

雖然粵語去聲大部分都和普通話去聲對應，然而也有其他對應情況：

有些**普通話上聲**字，在粵語中屬**陰去聲**。受普通話影響很易將粵語陰去聲的字誤讀成上聲。

普通話上聲 ——→ 粵語陰去聲

以下是一些普通話屬上聲，而粵語則屬陰去聲的常見字：

	普通話	粵語
埔	pǔ	bou^3
悔	huǐ	fui^3
個	gě	go^3
喊	hǎn	ham^3
慨	kǎi	koi^3
佐	zuǒ	zo^3

也有**普通話上聲**字在粵語中屬於**陽去聲**的。受普通話影響易將陽去聲字，誤讀成去聲字。

普通話上聲 ——→ 粵語陽去聲

以下是一些普通話屬去聲，而粵語屬陽去聲的常見字：

	普通話	粵語
捕	bǔ	bou^{6}
導	dǎo	dou^{6}
輔	fǔ	fu^{6}
儉	jiǎn	gim^{6}
纜	lǎn	lam^{6}
泳	yǒng	wing^{6}

中入及陽入聲與普通話聲調的對應

普通話將**入聲**都分派到各聲調當中，**粵語中入聲**和**陽入聲**的字，主要對應於**普通話**的**去聲**和**陽平聲**，也有部分與**陰平聲**對應。以下分別舉普通話較常見對應於粵語中入和陽入聲的字例。

- 普通話中對應於**粵語中入聲**及**陽入聲**的字，以**去聲**字佔最大多數。故此要特別注意普通話的去聲字，很多時候都變成粵語屬於入聲的字。

普通話去聲 ——→ 粵語中入聲或陽入聲

以下是一些普通話屬**去聲**，而粵語則屬**中入聲**或**陽入聲**的常見字：

	普通話	粵語
冊	cè	cag^{3}
各	gè	gog^{3}
客	kè	hag^{3}
力	lì	lig^{6}
六	liù	lug^{6}
日	rì	yed^{6}

■ 此外不少**普通話陽平聲**字，在粵語中成為**中入聲**或**陽入聲**字。其中尤多變成**陽入聲**字，故此也要注意普通話陽平聲字與粵語陽入聲的對應。

普通話陽平聲 ——→ 粵語中入聲或陽入聲

以下是一些普通話屬**陽平聲**，而粵語則屬**中入聲**或**陽入聲**的常見字：

	普通話	粵語
博	bó	bog³
國	guó	guog³
哲	zhé	jid³
白	bái	bag⁶
學	xué	hog⁶
值	zhí	jig⁶

粵普聲調差異辨別練習

■ 選取以下詞語所標示的正確拼音，在答案的空位上加上 ✓ 號。

變幻	bin³ wan³ ________	bin³ wan⁶ ________	bin⁶ wan⁶ ________
八卦	ba³ gua³ ________	bad³ gua³ ________	bad⁶ gua⁶ ________
凍結	dung³ gi³ ________	dung³ gid³ ________	dung⁶ gid⁶ ________
學霸	ho³ ba³ ________	hog³ ba³ ________	hog⁶ ba³ ________
技術	géi³ sêd³ ________	géi³ sêd⁶ ________	géi⁶ sêd⁶ ________
毅力	yi³ li³ ________	ngei³ lig³ ________	ngei⁶ lig⁶ ________
入夏	yeb³ ha³ ________	yeb³ ha⁶ ________	yeb⁶ ha⁶ ________
作答	zog³ dab³ ________	zog³ dab⁶ ________	zog⁶ dab⁶ ________

唱詩學粵語

■ 聆聽錄音及試用粵語朗讀及唱出以下詩詞，然後在右面空格內，分別寫上歌詞內聲調屬於**陰去聲**、**陽去聲**、**中入聲**及**陽入聲**的字。

千山鳥飛絕，萬徑人蹤滅。
孤舟蓑笠翁，獨釣寒江雪。

—— 柳宗元《江雪》

陰上聲＿＿＿＿＿＿＿＿＿＿

陽去聲＿＿＿＿＿＿＿＿＿＿

中入聲＿＿＿＿＿＿＿＿＿＿

陽入聲＿＿＿＿＿＿＿＿＿＿

答案

聲調辨析練習

陰去聲與陽去聲聲調辨析

2. 細心聆聽音檔讀音，並在下列詞語音標聲調空位處填上正確的調號。

詫異	ca_3_ yi_6_	調換	diu_6_ wun_6_
道路	dou_6_ lou_6_	建樹	gin_3_ xu_6_
大廈	dai_6_ ha_6_	鎮定	zen_3_ ding_6_

中入聲與陽入聲聲調辨析

1. 細心聆聽音檔讀音，並在下列詞語音標聲調空位處填上正確的調號。

百搭	bag_3_ dab_3_	作客	zog_3_ hag_3_
尺八	cég_3_ bad_3_	惡賊	og_3_ cag_6_
哲學	jid_3_ hog_6_	薄責	bog_6_ zag_3_

陰去聲、陽去聲、中入聲與陽入聲聲調辨析

1. 細心聆聽錄音，然後寫出以下各拼音的相關詞語。

doi⁶ tei³	代替	ngoi⁶ déi⁶	外地
fo³ bei⁶	貨幣	oi³ mou⁶	愛慕
heo⁶ min⁶	後面	yi³ yun⁶	意願
cag³ wag⁶	策劃	ség⁶ tab³	石塔
dug⁶ deg⁶	獨特	yud⁶ lig⁶	閱歷
gid³ zab⁶	結集	zab⁶ zug⁶	習俗

粵普聲調差異辨別練習

變幻	bin^3 wan^3		bin^3 wan^6	✓	bin^6 wan^6	
八卦	ba^3 gua^3		bad^3 gua^3	✓	bad^6 gua^6	
凍結	$dung^3$ gi^3		$dung^3$ gid^3	✓	$dung^6$ gid^6	
學霸	ho^3 ba^3		hog^3 ba^3		hog^6 ba^3	✓
技術	$géi^3$ $sêd^3$		$géi^3$ $sêd^6$		$géi^6$ $sêd^6$	✓
毅力	yi^3 li^3		$ngei^3$ lig^3		$ngei^6$ lig^6	✓
入夏	yeb^3 ha^3		yeb^3 ha^6		yeb^6 ha^6	✓
作答	zog^3 dab^3	✓	zog^3 dab^6		zog^6 dab^6	

唱詩學粵語

■ 聆聽錄音及試用粵語朗讀及唱出以下詩詞，然後在右面空格內，分別寫上歌詞內聲調屬於**陰去聲**、**陽去聲**、**中入聲**及**陽入聲**的字。

千山鳥飛絕，萬徑人蹤滅。
孤舟蓑笠翁，獨釣寒江雪。

——柳宗元《江雪》

陰去聲	徑、釣
陽去聲	萬
中入聲	雪
陽入聲	絕、滅、獨

陰去聲　徑 $ging^3$、釣 diu^3
陽去聲　萬 man^6
中入聲　雪 xud^3
陽入聲　絕 jud^6、滅 mid^6、獨 dug^6

第五課 **粵語的變調**

聲調特點

粵語經常出現**變調**，瞭解及掌握變調是學好講粵語的重要一環。相對於普通話粵語變調的情況較簡單，主要是**連讀變調**和**語義變調**。

這兩種變調情況在**口頭粵語**中十分普遍，其中**語義變調**的廣泛出現，更是其他方言中較少見的。

發音要點

- **粵語變調**的現象相當普遍，最常見是在連讀時，將聲調較低的字改讀成較高的聲調。如「男人 nam^4 yen^4」的「人」字，便從聲調最低的**陽平聲**，變調成上升調的**陰上聲**「人 yen^2」。
- 變調除與前後字聲調高低組合有關外，更**受字義影響**而出現聲調轉變。如「處」字在「處所 qu^3 so^2」和「處方 qu^2 fong^1」中便有不同聲調。
- 與**普通話變調**最大不同處，是粵語一般沒有**上聲變調**。
- 另一與**普通話變調**不同處，是常用字「一」和「不」在粵語中只有一種聲調，沒有出現變調的情況。
- 初學者常遇上的問題，是不知粵語何時會出現**詞義變調**。因粵語保留四聲別義傳統較強，故此須細心分辨字詞意思，及留意不同詞性有不同聲調之，可解決這問題。

粵語變調情況

粵語的連讀變調

粵語口頭講話時，有些字的發音會受**前後文聲調**高低影響，而出現聲調改變的情況，這種因前後文連讀而產生聲調轉變的現象稱「**連讀變調**」。粵語較常見的連讀變調有以下幾種情況：

- **疊音變調**　一般**稱親屬的疊詞**多數會出現連讀變調，如「爸爸 ba^4 ba^1」和「媽媽 ma^4 ma^1」等，第一個字便因與下文連讀而變調。也有第二個字變調的，如「爺爺 $yé^4$ $yé^2$」和「嫲嫲 ma^4 ma^2」。也有兩個字都變調的，如「姐姐 $zé^4$ $zé^1$」和「弟弟 dei^4 dei^2」。
- **姓氏變調**　粵語口頭習慣將加上「老」「大」「細」及「阿」等**詞頭**，或「仔」和「伯」等**詞尾**的姓氏讀成變調，如「老劉 lou^5 leo^2」和「陳仔 cen^2 zei^2」中的姓氏「劉」和「陳」，便都從**陽平聲**的「leo^4」和「cen^4」變讀成**陰上聲**。
- **高升變調**　因要在發音時**配合前後聲調**較高的字，而將本身聲調低的字變讀成較高的聲調。如「花籃 fa^1 lam^2」的「籃 lam^4」字，便因配合**陰平聲**的「花 fa^1」，而變讀成升高調的**陰上聲**。
- **入聲變調**　粵語口頭習慣將一些**入聲**字，連讀時改成與**陰上聲**調值 135 相同的變調。[1] 如「蝴蝶」中的「蝶 dib^6」，便從陽入聲變調讀成與陰上聲調值一樣的「dib^2」。
- **譯音變調**　有些外來語的**音譯詞**，在粵語口頭表達時經常出現變調，如「巴士 ba^1 xi^2」和「的士 dig^1 xi^2」等音譯詞，便都將原屬陽**去聲**的「士 xi^6」字變調讀成**陰上聲**。

粵語的語義變調

粵語**語義變調**是用於區分詞義或詞性的口頭變調。粵語常見的語義變調有以下幾種情況：

- **名詞變調**　為顯示**名詞**性質，粵語時常出現變調的情況。特點是一般會在名詞時變調，在其他詞性時用本來聲調。如陽平聲的「黃 $wong^4$」字，在「蛋黃」一詞中便變調讀成**陰上聲**的「$wong^2$」。

---

[1] 這種保留入聲促音韻特色的變調，有學者稱之為「**新入**」，並視為粵語九聲外的另一種聲調。

- **小稱變調**　粵語常會以變調表示**事物微小**或**程度較弱**的意思，甚至由此賦予貶義。如「耐 noi^{6}」字本表示時間久，在「未有耐」中變調讀成陰平聲「noi^{1}」，便成為沒多久的意思。又如「靚 léng^{3}」本是漂亮的意思，在「靚妹」一詞中變調讀**陰平聲**「léng^{1}」，便變成被人看不起的無知小女孩。

聲調發音練習

雖然從以上說明可以瞭解粵語變調的各種主要情況及規律，然而由於粵語聲調遠較普通話複雜，尤其普通話所無的**入聲變調**，與多見於**香港粵語**中的**譯音變調**，對講普通話為主的初學者來說都不容易掌握，在學習時便要特別注意並且多加練習。

粵語的連讀變調

1.　細心聆聽以下各**疊音變調**詞語的發音，然後用粵語準確讀出。

本調		變調		
爸	ba^{1}	ba^{4}	爸爸	ba^{4} ba^{1}
媽	ma^{1}	ma^{4}	媽媽	ma^{4} ma^{1}
爺	yé^{4}	yé^{2}	爺爺	yé^{4} yé^{2}
嫲	ma^{4}	ma^{2}	嫲嫲	ma^{4} ma^{2}
公	gung^{1}	gung^{4}	公公	gung^{4} gung^{1}
婆	po^{4}	po^{2}	婆婆	po^{4} po^{2}

2.　細心聆聽以下各**姓氏變調**詞語的發音，然後用粵語準確讀出。

本調		變調		
陳	cen^{4}	cen^{2}	老陳	lou^{5} cen^{2}
劉	leo^{4}	leo^{2}	大劉	dai^{6} leo^{2}
徐	cêu^{4}	cêu^{2}	細徐	sei^{3} cêu^{2}
何	ho^{4}	ho^{2}	阿何	a^{3} ho^{2}
黃	wong^{4}	wong^{2}	黃仔	wong^{2} zei^{2}
趙	jiu^{6}	jiu^{2}	趙叔	jiu^{2} sug^{1}

細心聆聽以下各**高升變調**詞語的發音，然後用粵語準確讀出。

本調		變調		
河	ho^{4}	ho^{2}	河粉	ho^{2} fen^{2}
賣	mai^{6}	mai^{2}	燒賣	xiu^{1} mai^{2}
檸	ning^{4}	ning^{2}	檸茶	ning^{2} ca^{4}
皮	péi^{4}	péi^{2}	冰皮	bing^{1} péi^{2}
筒	tung^{4}	tung^{2}	風筒	fung^{1} tung^{2}
魚	yu^{4}	yu^{2}	水魚	sêu^{2} yu^{2}

細心聆聽以下各**入聲變調**詞語的發音，然後用粵語準確讀出。

本調		變調		
鴨	ab^{3}	ab^{2}	燒鴨	xiu^{1} ab^{2}
賊	cag^{6}	cag^{2}	捉賊	zug^{1} cag^{2}
碟	dib^{6}	dib^{2}	瓷碟	qi^{4} dib^{2}
夾	gab^{6}	gab^{2}	衫夾	sam^{1} gab^{2}
局	gug^{6}	gug^{2}	郵局	yeo^{4} gug^{2}
盒	heb^{6}	heb^{2}	紙盒	ji^{2} heb^{2}

細心聆聽以下各**譯音變調**詞語的發音，然後用粵語準確讀出。

本調		變調		
士	xi^{6}	xi^{2}	巴士	ba^{1} xi^{2}
			波士	bo^{1} xi^{2}
			的士	dig^{1} xi^{2}
			多士	do^{1} xi^{2}
廉	lim^{4}	lim^{1}	忌廉	géi^{6} lim^{1}
氏	xi^{6}	xi^{2}	屈臣氏	wed^{1} sen^{4} xi^{2}

粵語的語義變調

1. 細心聆聽以下各**名詞變調**詞語的發音，然後用粵語準確讀出。

本調		變調		
磅	bong⁶	bong²	電子磅	din⁶ ji² bong²
架	ga³	ga²	書架	xu¹ ga²
鞋	hai⁴	hai²	拖鞋	to¹ hai²
鉗	kim⁴	kim²	眉鉗	méi⁴ kim²
樓	leo⁴	leo²	睇樓	tei² leo²
梨	léi⁴	léi²	啤梨	bé¹ léi²

2. 細心聆聽以下各**小稱變調**詞語的發音，然後用粵語準確讀出。

本調		變調		
尾	méi⁵	méi¹	包尾 最後的一個	bao¹ méi¹
妹	mui⁶	mui¹	喪妹 做事帶點瘋狂的女孩。	song³ mui¹
門	mun⁴	mun²	走後門 不走正常門路。	zeo² heo⁶ mun²
婆	po⁴	po²	垃圾婆 清理垃圾的上年紀女性。	lab⁶ sab³ po²
人	yen⁴	yen¹	一個人 只有孤零零的一個。	yed¹ go³ yen¹
友	yeo⁵	yeo²	發燒友 對某事過分熱心的人。	fad³ xiu¹ yeo²

聲調辨析練習

連讀變調聲調辨析

1. 細心聆聽音檔讀音，並在下列詞語音標聲調空位處填上正確的調號。

哥哥	go____ go____	妹妹	mui____ mui____
仔仔	zei____ zei____	老鄧	lou____ deng____
馮伯	fung____ bag____	宵夜	xiu____ yé____

公園	gung____ yun____	烏龍	wu____ lung____
吹笛	cêu____ dég____	手鈪	seo____ ag____
芝士	ji____ xi____	布甸	bou____ din____

粵語「宵夜」即夜宵。「手鈪」即鐲子。「布甸」即布丁。

語義變調聲調辨析

細心聆聽音檔讀音，並在下列詞語音標聲調空位處填上正確的調號。

新聞	sen____ men____	鬚刨	sou____ pao____
左近	zo____ gen____	刀片	dou____ pin____
靚仔	léng____ zei____	賣菜婆	mai____ coi____ po____
一陣	yed____ zen____	二奶	yi____ nai____

粵語「左近」即附近。「靚仔」在這裏解作小子。「一陣」即一段短時間。「二奶」即小三。

粵語變調辨析練習

選取以下詞語所標示的正確拼音，在答案的空位上加上 ✓ 號。

電話	din² wa²	________	din⁶ wa²	________	din⁶ wa⁶	________
海味	hoi² méi²	________	hoi² méi⁶	________	hoi⁶ méi⁶	________
沙律	sa¹ lêd¹	________	sa¹ lêd²	________	sa¹ lêd³	________
新娘	sen¹ nêng¹	________	sen¹ nêng²	________	sen¹ nêng⁴	________
水壺	sêu² wu²	________	sêu² wu³	________	sêu³ wu⁴	________
檸樂	ning² lok³	________	ning² lok⁶	________	ning⁴ lok⁶	________
日頭	ye⁶ teo²	________	yed⁶ teo²	________	yed⁶ teo⁴	________
耳環	er⁴ wan²	________	yi⁵ wan²	________	yi⁵ wan⁴	________

粵語「海味」即海產。「沙律」即沙拉。「檸樂」是檸檬可樂。「日頭」即白天。

美食學粵語

■ 聆聽錄音及試用粵語朗讀以下食譜，然後在右面空格內，寫上食譜內屬於變調的詞語。

法式檸檬撻食譜

先將牛油、糖粉同雞蛋攪勻，加埋青檸餡、淡忌廉同微焦蛋白，倒入焗好批皮內，再低溫烘乾放碟，就做到美味嘅法式檸檬撻。

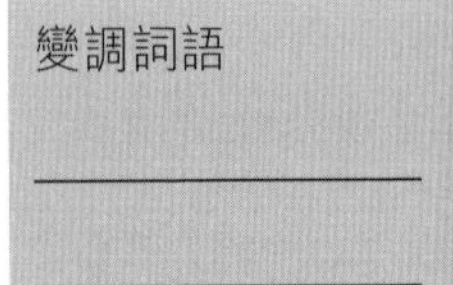

答 案

聲調辨析練習

連讀變調聲調辨析

細心聆聽音檔讀音，並在下列詞語音標聲調空位處填上正確的調號。

哥哥	go_4_ go_1_	妹妹	mui_4_ mui_2_
仔仔	zei_4_ zei_2_	老鄧	lou_5_ deng_2_
馮伯	fung_2_ bag_3_	宵夜	xiu_1_ yé_2_
公園	gung_1_ yun_2_	烏龍	wu_1_ lung_2_
吹笛	cêu_1_ dég_2_	手鈪	seo_2_ ag_2_
芝士	ji_1_ xi_2_	布甸	bou_3_ din_1_

語義變調聲調辨析

細心聆聽音檔讀音，並在下列詞語音標聲調空位處填上正確的調號。

新聞	sen_1_ men_2_	鬚刨	sou_1_ pao_2_
左近	zo_2_ gen_2_	刀片	dou_1_ pin_2_
靚仔	léng_1_ zei_2_	賣菜婆	mai_6_ coi_3_ po_2_
一陣	yed_1_ zen_2_	二奶	yi_6_ nai_1_

口語變調辨析練習

電話	din^2 wa^2	____	din^6 wa^2	✓	din^6 wa^6	____
海味	hoi^2 méi^2	✓	hoi^2 méi^6	____	hoi^6 méi^6	____
沙律	sa^1 lêd^1	____	sa^1 lêd^2	✓	sa^1 lêd^3	____
新娘	sen^1 nêng^1	____	sen^1 nêng^2	✓	sen^1 nêng^4	____

水壺	sêu^{2} wu^{2}	✓	sêu^{2} wu^{3}		sêu^{3} wu^{4}	
檸樂	ning^{2} lok^{3}		ning^{2} lok^{6}	✓	ning^{4} lok^{6}	
日頭	ye^{6} teo^{2}		yed^{6} teo^{2}	✓	yed^{6} teo^{4}	
耳環	er^{4} wan^{2}		yi^{5} wan^{2}	✓	yi^{5} wan^{4}	

美食學粵語

■ 聆聽錄音並試用粵語朗讀以下食譜，然後在右面空格內寫上食譜內屬於變調的詞語。

先將牛油、糖粉同雞蛋攪勻，加埋青檸餡、淡忌廉同微焦蛋白，倒入焗好批皮內，再低温烘乾放碟，就做到美味嘅法式檸檬撻。

變調詞語
檸、廉
白、皮
碟、撻

連讀變調　檸 ning^{2}、皮 péi^{2}

入聲變調　白 bag^{2}、碟 dib^{2}

譯音變調　廉 lim^{1}、撻 tad^{1}

第三章　聲母篇

第六課

塞音聲母b、d、g、gu與p、t、k、ku

語音特點簡介

粵語語音系統中b、d、g、p、t、k、gu、ku等八個聲母都屬**清塞音**。「**清音**」是發聲時聲帶不振動的音。「**塞音**」是先讓氣流通道閉塞，再突然解除障礙令氣流爆破而出所發的音。

發音要點

粵語音系b、d、g、p、t、k、gu、ku等聲母，都是發聲時聲帶不振動先閉塞氣流通道，再除阻而發爆破音的清塞音。與普通話比較，粵語這些塞音聲母有以下特點：

- 粵語b、d、g、p、t、k等聲母發音與普通話大抵相若。不同是普通話沒有粵語的gu和ku聲母。
- 粵語b、d、g(或用p、t、k)等塞音不但可用作聲母，也會充當韻母的**入聲韻尾**，這也是普通話所沒有的。

從**發音部位**來區分，這八個聲母可分為以下四類：

雙唇音聲母	b和p聲母
舌尖音聲母	d和t聲母
舌根音聲母	g和k聲母
圓唇舌根音聲母	gu和ku聲母

從**發音方式**上區分，八個聲母可分為**送氣聲母**與**不送氣聲母**兩種。**不送氣聲**
包括 b、d、g、gu，**送氣聲母**包括 p、t、k、ku。

不送氣聲母	b、d、g、gu 聲母
送氣聲母	p、t、k、ku 聲母

以下是依不同**發音部位**，對粵語這八個清塞音聲母發音特色的有關說明。

語雙唇音聲母 b 與 p 的發音

粵語聲母 b 與 p 都屬**雙唇清塞音**聲母。粵語雙唇音聲母 b 與 p 的發音，和普
話大抵相若，同樣由雙唇閉合做成阻礙發音。雙唇音聲母 b 與 p 發音上差異在
送氣與**不送氣**。

語聲母 b 的發音

發聲時先將兩唇閉合，由上下唇接觸阻礙氣流通道，再張開嘴巴讓氣流通過發
。聲母 b 與韻母結合組成音節，例如「爸 ba[1]」及「波 bo[1]」等。

- 注意發音時聲帶不會振動，此外 b 屬**不送氣**聲母，發音時送出氣流較弱及較少，通過時間也較短。

語聲母 p 的發音

發音部位和方法與聲母 b 一致，都是發聲時聲帶不振動，由兩唇接觸阻礙氣流
道，再張嘴讓氣流通過發聲。

- 聲母 p 屬**送氣**聲母，發音時氣流送出較強較快，送氣較明顯，氣流通過時間較持久。聲母 p 與韻母結合組成音節，例如「怕 pa[3]」及「破 po[3]」等。

母發音練習(一)

唇音不送氣聲母 b

細心聆聽以下各 b 聲母字的發音，然後用粵語準確讀出。

爸 ba[1]	拜 bai[3]	包 bao[1]

班 ban^{1}	賓 ben^{1}	波 bo^{1}
幫 bong^{1}	杯 bui^{1}	百 bag^{3}

2. 細心聆聽以下各 b 聲母詞語發音，然後用粵語準確讀出。

爸爸 ba^{4} ba^{1}	伯伯 bag^{3} bag^{3}	白布 bag^{6} bou^{3}
擺佈 bai^{2} bou^{3}	敗筆 bai^{6} bed^{1}	頒佈 ban^{1} bou^{3}
包保 bao^{1} bou^{2}	不變 bed^{1} bin^{3}	被捕 béi^{6} bou^{6}

3. 細心聆聽錄音，然後寫出以下各拼音的相關詞語。

béng^{6} bin^{3} ____________　　bong^{1} bou^{2} ____________

biu^{1} bong^{2} ____________　　béi^{6} big^{1} ____________

beg^{1} bin^{1} ____________　　bad^{3} bag^{3} ____________

雙唇音送氣聲母 p

1. 細心聆聽以下各 p 聲母字的發音，然後用粵語準確讀出。

趴 pa^{1}	派 pai^{3}	批 pei^{1}
披 péi^{1}	飄 piu^{1}	攀 pan^{1}
拋 pao^{1}	朋 peng^{4}	匹 ped^{1}

2. 細心聆聽以下各 p 聲母詞語發音，然後用粵語準確讀出。

怕怕 pa^{3} pa^{3}	攀爬 pan^{1} pa^{4}	頻撲 pen^{4} pog^{3}
批評 pei^{1} ping^{4}	皮袍 péi^{4} pou^{4}	啤牌 pé^{1} pai^{2}
琵琶 péi^{4} pa^{4}	偏頗 pin^{1} po^{2}	飄萍 piu^{1} ping^{4}

粵語「怕怕」是很害怕之意；「頻撲」即奔波；「啤牌」即撲克牌。

細心聆聽錄音，然後寫出以下各拼音的相關詞語。

po^4 po^2 ____________　　pei^1 pun^3 ____________

ping^3 pun^2 ____________　　pou^1 ping^4 ____________

ped^1 pui^3 ____________　　pin^1 pig^1 ____________

語舌尖音聲母 d 與 t 的發音

粵語聲母 d 和 t 都屬**舌尖音**聲母，發音方法屬清塞音。兩者發音和普通話相，同樣以舌尖抵住上齒齦做成阻礙發聲。聲母 d 與 t 發音上差異同樣在**送氣**與**不氣**。

語聲母 d 的發音

發聲時聲帶不振動，先將兩唇閉合，舌尖抵上齒齦讓氣流通道受阻，再快速打讓氣流通過發聲。

- 因 d 屬**不送氣**聲母，發音時送出氣流較弱及較少，通過時間也較短。聲母 d 與韻母結合組成音節，例如「打 da^2」及「多 do^1」等。

語聲母 t 的發音

發音部位和方法與聲母 d 相同，發聲時聲帶不振動，先將舌尖抵上齒齦，阻塞流通道，再突然放開，讓氣流通過發聲。

- 聲母 t 屬**送氣**聲母，發音時氣流送出較強較快，送氣較明顯而時間也較持久。聲母 t 與韻母結合組成音節，例如「他 ta^1」及「拖 to^1」等。

母發音練習(二)

尖音不送氣聲母 d

細心聆聽以下各 d 聲母字的發音，然後用粵語準確讀出。

打　da^2	爹　dé^1	多　do^1
帶　dai^3	低　dei^1	擔　dam^1

丁　ding^{1}	東　dung^{1}	德　deg^{1}

2.　細心聆聽以下各 d 聲母詞語發音，然後用粵語準確讀出。

打賭　da^{2} dou^{2}	單刀　dan^{1} dou^{1}	達到　dad^{6} dou^{3}
大盜　dai^{6} dou^{6}	地點　déi^{6} dim^{2}	弟弟　dei^{4} dei^{2}
顛倒　din^{1} dou^{2}	雕琢　diu^{1} dêg^{3}	多端　do^{1} dün^{1}

3.　細心聆聽錄音，然後寫出以下各拼音的相關詞語。

dai^{3} dung^{6} ____________　　dou^{6} deg^{1} ____________

dong^{1} doi^{6} ____________　　déi^{6} dou^{6} ____________

did^{3} dou^{2} ____________　　dün^{3} ding^{6} ____________

舌尖音送氣聲母 t

1.　細心聆聽以下各 t 聲母字的發音，然後用粵語準確讀出。

他　ta^{1}	呔　tai^{1}	梯　tei^{1}
拖　to^{1}	推　têu^{1}	天　tin^{1}
添　tim^{1}	通　tung^{1}	鐵　tid^{3}

2.　細心聆聽以下各 t 聲母詞語發音，然後用粵語準確讀出。

太太　tai^{3} tai^{2}	貪圖　tam^{1} tou^{4}	廳堂　téng^{1} tong^{4}
梯田　tei^{1} tin^{4}	天台　tin^{1} toi^{2}	調停　tiu^{4} ting^{4}
逃脱　tou^{4} tüd^{3}	偷睇　teo^{1} tei^{2}	推托　têu^{1} tog^{3}

粵語「偷睇」，即偷看。

細心聆聽錄音，然後寫出以下各拼音的相關詞語。

tam[3] tou[2] ____________　　toi[4] teo[4] ____________

tung[4] tou[4] ____________　　tou[1] tin[1] ____________

tiu[1] tig[1] ____________　　tün[4] tei[2] ____________

粵語舌根音聲母 g 與 k 的發音

粵語聲母 g 和 k 都屬**舌根音**聲母，發音和普通話大致相同，都要求用舌根抵住顎做成阻礙發聲。聲母 g 與 k 發音差異同樣在**送氣**與**不送氣**。

語聲母 g 的發音

發聲時聲帶不振動，先將舌根抵住硬顎和軟顎交界處，讓氣流通道受阻，再快打開讓氣流通過發聲。

- g 屬**不送氣**聲母，發音時送出氣流較弱及較少，氣流通過時間較短。聲母 g 與韻母結合組成音節，例如「家 ga[1]」及「歌 go[1]」等。

語聲母 k 的發音

發聲時聲帶不振動，舌根抵軟顎阻塞氣流通道，再將舌頭放開除阻成聲。聲母與韻母結合組成音節，例如「卡 ka[1]」及「騎 ké[4]」等。

- k 屬**送氣**聲母，發音時氣流送出較強較快，氣流通過發音部位摩擦發聲，送氣較明顯而時間也較持久。

聲母發音練習(三)

根音不送氣聲母 g

細心聆聽以下各 g 聲母字的發音，然後用粵語準確讀出。

家　ga[1]	哥　go[1]	姑　gu[1]
街　gai[1]	機　géi[1]	該　goi[1]
今　gem[1]	經　ging[1]	急　geb[1]

2. 細心聆聽以下各 g 聲母詞語發音，然後用粵語準確讀出。

加價　ga^{1} ga^{3}	尷尬　gam^{3} gai^{3}	九江　geo^{2} gong^{1}
驚覺　ging^{1} gog^{3}	改革　goi^{2} gag^{3}	高歌　gou^{1} go^{1}
鞏固　gung^{2} gu^{3}	交割　gao^{1} god^{3}	公雞　gung^{1} gei^{1}

3. 細心聆聽錄音，然後寫出以下各拼音的相關詞語。

gao^{1} ged^{1} ____________　　gou^{1} ga^{3} ____________

geng^{1} goi^{2} ____________　　gem^{2} gun^{1} ____________

gun^{1} gem^{2} ____________　　gung^{1} ga^{1} ____________

舌根音送氣聲母 k

1. 細心聆聽以下各 k 聲母字的發音，然後用粵語準確讀出。

卡　ka^{1}	溪　kei^{1}	箍　ku^{1}
驅　kêu^{1}	襟　kem^{1}	傾　king^{1}
吸　keb^{1}	咳　ked^{1}	曲　kug^{1}

2. 細心聆聽以下各 k 聲母詞語發音，然後用粵語準確讀出。

溪橋　kei^{1} kiu^{4}	騏驥　kéi^{4} kéi^{3}	劇曲　kég^{6} kug^{1}
祈求　kéi^{4} keo^{4}	期權　kéi^{4} kün^{4}	概括　koi^{3} kud^{3}
抗拒　kong^{3} kêu^{5}	會稽　kui^{2} kei^{1}	孑孓　kid^{3} küd^{3}

3. 細心聆聽錄音，然後寫出以下各拼音的相關詞語。

kéi^{5} keb^{6} ____________　　kêng^{4} kün^{4} ____________

kêng^{5} keo^{4} ____________　　kêu^{1} kéi^{4} ____________

kéi^{1} kêu^{1} ____________　　kêu^{5} kêg^{3} ____________

粵語圓唇舌根音聲母 gu 與 ku 的發音

粵語聲母 gu 與 ku 都屬**圓唇舌根音**聲母，普通話聲母中沒有這種**圓唇化**的舌根音。粵語聲母 gu 與 ku 是舌根音聲母 g 與 k 的圓唇化，除圓唇外發音方法與 g 和 k 聲母相同。聲母 gu 與 ku 兩者的發音分別，同樣在**送氣**與**不送氣**。

香港年輕一輩講話時，往往將 gu 與 ku 聲母的**圓唇化**減弱甚至取消，於是變成有聲母 gu 與 g 不分，及 ku 與 k 不分的現象。故此在學習兩聲母發音時，尤其要注意辨別聲母 g 與 gu，及 k 與 ku 之間，是否有**圓唇化**的發音差異。

粵語聲母 gu 的發音

發聲時聲帶不振動，先將兩唇收攏，舌根接觸軟顎做成阻礙發音。

- gu 屬**不送氣**聲母，發音時送出氣流較弱及較少，氣流通過時間也較短暫。聲母 gu 與韻母結合組成音節，例如「瓜 gua^{1}」及「果 guo^{2}」等。

粵語聲母 ku 的發音

發音時聲帶不振動，在雙唇收攏的同時，舌根抵軟顎讓氣流通道阻塞，再快速放開舌頭發聲。

- ku 屬**送氣**聲母，氣流送出較強較快，送氣較明顯而時間也較持久。聲母 ku 與韻母結合組成音節，例如「誇 kua^{1}」及「規 kuei^{1}」等。

聲母發音練習(四)

圓唇舌根音不送氣聲母 gu

細心聆聽以下各 gu 聲母字的發音，然後用粵語準確讀出。

瓜　gua^{1}	戈　guo^{1}	乖　guai^{1}
歸　guei^{1}	關　guan^{1}	君　guen^{1}
光　guong^{1}	骨　gued^{1}	國　guog^{3}

2. 細心聆聽以下各 gu 與 g 聲母詞語發音，留意 gu 與 g 兩圓唇與不圓唇舌根音聲母發音上的分別，然後用粵語準確讀出。

歸家 guei^{1} ga^{1}	機關 géi^{1} guan^{1}	孤寡 gu^{1} gua^{2}
高貴 gou^{1} guei^{3}	乾果 gon^{1} guo^{2}	國歌 guog^{3} go^{1}
經過 ging^{1} guo^{3}	干戈 gon^{1} guo^{1}	逛街 guang^{6} gai^{1}

3. 細心聆聽錄音，然後寫出以下各拼音的相關詞語。

guei^{3} ga^{3} ____________　gu^{2} guai^{3} ____________

guog^{3} ga^{1} ____________　gei^{1} gued^{1} ____________

guad^{3} guong^{1} ____________　guo^{3} guan^{3} ____________

圓唇舌根音送氣聲母 ku

1. 細心聆聽以下各 ku 聲母字的發音，然後用粵語準確讀出。

誇 kua^{1}	規 kuei^{1}	坤 kuen^{1}
框 kuang^{1}	鄺 kuong^{3}	擴 kuog^{3}

2. 細心聆聽以下各 ku 聲母詞語發音，留意 ku 與 k 兩圓唇與不圓唇舌根音聲母發音上的分別，然後用粵語準確讀出。

垮橋 kua^{1} kiu^{4}	群壑 kuen^{4} kog^{3}	球規 keo^{4} kuei^{1}
崑曲 kuen^{1} kug^{1}	裙屐 kuen^{4} kég^{6}	愧窘 kuei^{5} kuen^{3}
攜琴 kuei^{4} kem^{4}	彍騎 kuog^{3} kéi^{3}	缺虧 küd^{3} kuei^{1}

3. 細心聆聽錄音，然後寫出以下各拼音的相關詞語。

kung^{4} kuen^{3} ____________　kin^{4} kuen^{1} ____________

kuen^{1} kég^{6} ____________　kua^{3} kêu^{1} ____________

kuen^{4} kua^{2} ____________　kuei^{4} kuei^{4} ____________

聲母發音對比

. 細心聆聽以下各詞語讀音，然後用粵語依次準確讀出。小心區別其中對應聲母 b 與 p；d 與 t；g 與 k；gu 與 ku 的發音，注意辨別送氣與不送氣聲母的讀音差異。

不送氣聲母	送氣聲母
百合　bag^3 heb^6	拍合　pag^3 heb^6
比喻　$béi^2$ yu^6	譬喻　$péi^3$ yu^6
擔心　dam^1 sem^1	貪心　tam^1 sem^1
留低　leo^4 dei^1	樓梯　leo^4 tei^1
山雞　san^1 gei^1	山溪　san^1 kei^1
搜救　seo^2 geo^3	手銬　seo^2 keo^3
不貴　bed^1 $guei^3$	不愧　bed^1 $kuei^3$
軍曲　$guen^1$ kug^1	崑曲　$kuen^1$ kug^1

粵普聲母對應

粵語清塞音聲母除 b 和 p 較能和普通話緊密對應外，其餘聲母的對應情況都較複雜。以下是粵語 b、d、g、p、t、k、gu、ku 等聲母與普通話對應的情況。

粵語雙唇音聲母 b

■ 大部分都和普通話 b 聲母對應，不足一成對應於普通話 p 聲母，僅個別字對應普通話聲母 f 及 m。

普通話 b、p 聲母 ——→ 粵語 b 聲母

以下是上述粵普聲母對應的常見字舉例：

	普通話	粵語
爸	bà	ba^1
幫	bāng	$bong^1$
迫	pò	big^1
乒	pīng	$bing^1$

粵語雙唇音聲母 p

- 大部分和普通話 p 聲母直接對應，約一成半和普通話的 b 聲母對應。

普通話 p、b 聲母 ⟶ 粵語 p 聲母

以下是上述粵普聲母對應的常見字舉例：

	普通話	粵語
怕	pà	pa^3
普	pǔ	pou^2
倍	bèi	pui^5
編	biān	pin^1

粵語舌尖音聲母 d

- 大部分和普通話 d 聲母直接對應，小部分對應於普通話 t 聲母和 zh 聲母。

普通話 d、t、zh 聲母 ⟶ 粵語 d 聲母

以下是上述粵普聲母對應的常見字舉例：

	普通話	粵語
搭	dā	dab^3
大	dà	dai^6
特	tè	deg^6
秩	zhì	did^6

粵語舌尖音聲母 t

- 大部分和普通話 t 聲母直接對應，極小部分對應於普通話 d 聲母。

普通話 t、d 聲母 ⟶ 粵語 t 聲母

以下是上述粵普聲母對應的常見字舉例：

	普通話	粵語
他	tā	ta^{1}
天	tiān	tin^{1}
淡	dàn	tam^{5}
肚	dù	tou^{5}

粵語舌根音聲母 g

- 八成以上對應於普通話的 j 聲母，僅多於一成半直接對應於普通話 g 聲母，極小部分對應於普通話 q 聲母。

普通話 j、g、q 聲母 ⟶ 粵語 g 聲母

以下是上述粵普聲母對應的常見字舉例：

	普通話	粵語
家	jiā	ga^{1}
見	jiàn	gin^{3}
公	gōng	$gung^{1}$
杞	qǐ	$géi^{2}$

粵語舌根音聲母 k

- 近半數對應於普通話的 q 聲母，約兩成多對應普通話 j 聲母，僅多於一成半直接對應於普通話 k 聲母。

普通話 q、j、k 聲母 ⟶ 粵語 k 聲母

以下是上述粵普聲母對應的常見字舉例：

	普通話	粵語
強	qiáng	kêng^{4}
求	qiú	keo^{4}
俱	jù	kêu^{1}
括	kuò	kud^{3}

粵語圓唇舌根音聲母 gu

- 大部分都對應於普通話接 u 介音的 g 聲母，約兩成對應於普通話接 i 或 ü 介音的 j 聲母，少數對應於普通話接 u 介音的 k 聲母。

普通話 g 聲母 + u ⟶ 粵語 gu 聲母
普通話 j 聲母 + i / ü ⟶ 粵語 gu 聲母
普通話 k 聲母 + u ⟶ 粵語 gu 聲母

以下是上述粵普聲母對應的常見字舉例：

	普通話	粵語
瓜	guā	gua^{1}
關	guān	guan^{1}
迥	jiǒng	guing^{2}
掘	jué	gued^{6}
誑	kuáng	guong^{2}

粵語圓唇舌根音聲母 ku

- 七成以上對應於普通話接 u 介音的 k 聲母，約一成半對應於普通話接 u 介音的 g 聲母，少數對應於普通話接 i 或 ü 介音的 q 聲母。

普通話 k 聲母 + u ⟶ 粵語 ku 聲母

普通話 g 聲母 + u ⟶ 粵語 ku 聲母

普通話 q 聲母 + i / ü ⟶ 粵語 ku 聲母

以下是上述粵普聲母對應的常見字舉例：

	普通話	粵語
誇	kuā	kua^{1}
困	kùn	kuen^{3}
規	guī	kuei^{1}
畦	qí	kuei^{4}
群	qún	kuen^{4}

粵普聲母差異辨別

選取以下詞語所標示的正確拼音，在答案的空位上加上 ✓ 號。

百倍	bag^{3} bui^{5}	________	bag^{3} pui^{5}	________	pag^{3} pui^{5}	________
被迫	bei^{6} big^{1}	________	pei^{6} big^{1}	________	pei^{6} pig^{1}	________
踏遍	tab^{6} bin^{3}	________	tab^{6} pin^{3}	________	dab^{6} pin^{3}	________
突變	ted^{6} bin^{3}	________	ded^{6} bin^{3}	________	ded^{6} pin^{3}	________
堅強	jin^{1} qiang^{4}	________	gin^{1} gêng^{4}	________	gin^{1} kêng^{4}	________
期間	qi^{4} jian^{1}	________	kéi^{4} gan^{1}	________	kéi^{4} kan^{1}	________
季軍	ji^{3} jun^{1}	________	gi^{3} gun^{1}	________	guei^{3} guen^{1}	________
跨國	kua^{3} guo^{3}	________	gua^{3} guog^{3}	________	kua^{3} guog^{3}	________

吟詩學粵語

■ 聆聽錄音及學習試用粵語吟誦以下詩詞，然後在右面空格內，分別寫上詩詞內屬於粵語 b、d、g、p、t、k、gu、ku 等聲母的字。

昔聞洞庭水，今上岳陽樓。
吳楚東南坼，乾坤日夜浮。
親朋無一字，老病有孤舟。
戎馬關山北，憑軒涕泗流。

—— 杜甫《登岳陽樓》

聲母 b ________	聲母 p ________
聲母 d ________	聲母 t ________
聲母 g ________	聲母 k ________
聲母 gu ________	聲母 ku ________

答案

聲母發音練習(一)

雙唇音不送氣聲母 b

. 細心聆聽錄音，然後寫出以下各拼音的相關詞語。

béng^6 bin^3	病變	bong^1 bou^2	幫補
biu^1 bong^2	標榜	béi^6 big^1	被迫
beg^1 bin^1	北邊	bad^3 bag^3	八百

雙唇音送氣聲母 p

. 細心聆聽錄音，然後寫出以下各拼音的相關詞語。

po^4 po^2	婆婆	pei^1 pun^3	批判
ping^3 pun^2	拼盤	pou^1 ping^4	鋪平
ped^1 pui^3	匹配	pin^1 pig^1	偏僻

聲母發音練習(二)

舌尖音不送氣聲母 d

. 細心聆聽錄音，然後寫出以下各拼音的相關詞語。

dai^3 dung^6	帶動	dou^6 deg^1	道德
dong^1 doi^6	當代	déi^6 dou^6	地道
did^3 dou^2	跌倒	dün^3 ding^6	斷定

舌尖音送氣聲母 t

. 細心聆聽錄音，然後寫出以下各拼音的相關詞語。

tam^3 tou^2	探討	toi^4 teo^4	抬頭
tung^4 tou^4	同途	tou^1 tin^1	滔天
tiu^1 tig^1	挑剔	tün^4 tei^2	團體

聲母發音練習(三)

舌根音不送氣聲母 g

3. 細心聆聽錄音，然後寫出以下各拼音的相關詞語。

gao^{1} ged^{1}	交吉	gou^{1} ga^{3}	高價
geng^{1} goi^{2}	更改	gem^{2} gun^{1}	感官
gun^{1} gem^{2}	觀感	gung^{1} ga^{1}	公家

舌根音送氣聲母 k

3. 細心聆聽錄音，然後寫出以下各拼音的相關詞語。

kéi^{5} keb^{6}	企及	kêng^{4} kün^{4}	強權
kêng^{5} keo^{4}	強求	kêu^{1} kéi^{4}	區旗
kéi^{1} kêu^{1}	崎嶇	kêu^{5} kêg^{3}	拒卻

聲母發音練習(四)

圓唇舌根音不送氣聲母 gu

3. 細心聆聽錄音，然後寫出以下各拼音的相關詞語。

guei^{3} ga^{3}	貴價	gu^{2} guai^{3}	古怪
guog^{3} ga^{1}	國家	gei^{1} gued^{1}	雞骨
guad^{3} guong^{1}	刮光	guo^{3} guan^{3}	過慣

圓唇舌根音送氣聲母 ku

3. 細心聆聽錄音，然後寫出以下各拼音的相關詞語。

kung^{4} kuen^{3}	窮困	kin^{4} kuen^{1}	乾坤
kuen^{1} kég^{6}	崑劇	kua^{3} kêu^{1}	跨區
kuen^{4} kua^{2}	裙褂	kuei^{4} kuei^{4}	睽睽

粵普聲母差異辨別

百倍	bag^3 bui^5	____	bag^3 pui^5	✓	pag^3 pui^5	____
被迫	$béi^6$ big^1	✓	$péi^6$ big^1	____	$péi^6$ pig^1	____
踏遍	tab^6 bin^3	____	tab^6 pin^3	____	dab^6 pin^3	✓
突變	ted^6 bin^3	____	ded^6 bin^3	✓	ded^6 pin^3	____
堅強	jin^1 $qiang^4$	____	gin^1 $gêng^4$	____	gin^1 $kêng^4$	✓
期間	qi^4 $jian^1$	____	$kéi^4$ gan^1	✓	$kéi^4$ kan^1	____
季軍	ji^3 jun^1	____	gi^3 gun^1	____	$guei^3$ $guen^1$	✓
跨國	kua^3 guo^3	____	gua^3 $guog^3$	____	kua^3 $guog^3$	✓

吟詩學粵語

- 聆聽錄音及學習試用粵語吟誦以下詩詞，然後在右面空格內，分別寫上詩詞內屬於粵語 b、d、g、p、t、k、gu、ku 等聲母的字。

昔聞洞庭水，今上岳陽樓。
吳楚東南坼，乾坤日夜浮。
親朋無一字，老病有孤舟。
戎馬關山北，憑軒涕泗流。
——杜甫《登岳陽樓》

聲母 b	病、北	聲母 p	朋、憑
聲母 d	洞、東	聲母 t	庭、涕
聲母 g	今、孤	聲母 k	乾
聲母 gu	關	聲母 ku	坤

b 聲母	病 $béng^6$、北 beg^1	p 聲母	朋 $peng^4$、憑 $peng^4$
d 聲母	洞 $dung^6$、東 $dung^1$	t 聲母	庭 $ting^4$、涕 tei^3
g 聲母	今 gem^1、孤 gu^1	k 聲母	乾 kin^4
gu 聲母	關 $guan^1$	ku 聲母	坤 $kuen^1$

第七課

舌葉音聲母 z、c、s 與 j、q、x

語音特點簡介

廣州話拼音方案中的 z、c、s 及 j、q、x 聲母，是不同標示的同一套聲母，與普通話分為兩套不同聲母有別。粵語**舌葉音** z、c、s (j、q、x) 聲母，分別對應普通話**舌尖前音** z、c、s，**舌尖後音**（即翹舌音）zh、ch、sh，及**舌面音** j、q、x 三組不同聲母。

發音要點

- 廣州話拼音方案 z、c、s 三個聲母，與韻母 i 或 ü 相接時，會標示作 j、q、x。故此是同一組聲母，與普通話分屬**舌尖前音** z、c、s，和**舌面音** j、q、x 兩組聲母有別。
- 粵語 z、c、s (j、q、x) 聲母都屬**舌葉音**，發音部位介乎普通話**舌尖前音** z、c、s，與**舌面音** j、q、x 之間。普通話沒有這種在舌葉部位發音的聲母。

粵語塞擦音聲母 z(j) 與 c(q) 的發音

粵語聲母 z、c、s (j、q、x) 都是**舌葉音**聲母，其中 z (j) 與 c (q) 同屬**清塞擦音**。普通話沒有在舌葉部位發音的聲母。聲母 z (j) 與 c (q) 發音差異在**送氣**與**不送氣**。

粵語聲母 z (j) 的發音

發音時聲帶不振動，先將舌面向硬腭靠攏，舌葉接觸齒齦完全阻塞氣流通道，再讓氣流從舌葉與齒齦隙縫流出摩擦發聲。

- 粵語聲母 z (j) 屬**不送氣**聲母，發音時送出氣流較弱及較少，氣流通過時間也較短暫。聲母 z (j) 與韻母結合組成音節，例如「渣 za^1」和「知 ji^1」等。

粵語聲母 c (q) 的發音

發音時聲帶不振動，將舌面靠近硬腭，舌葉接觸齒齦讓氣流通道完全阻塞，再讓氣流從舌葉與齒齦隙縫流出摩擦發聲。

- 聲母 c (q) 屬**送氣**聲母，發音時氣流送出較強較快，送氣較明顯，氣流通過時間也較久。聲母 c (q) 與韻母結合組成音節，如「叉 ca^1」及「雌 qi^1」。

聲母發音練習(一)

舌葉音不送氣聲母 z (j)

1. 細心聆聽以下各 z (j) 聲母字的發音，然後用粵語準確讀出。

渣　za^1	遮　zé^1	左　zo^2
州　zeo^1	招　jiu^1	尖　jim^1
精　jing^1	租　zou^1	汁　zeb^1

2. 細心聆聽以下各 z (j) 聲母詞語發音，然後用粵語準確讀出。

渣滓　za^1 ji^2	製造　zei^3 zou^6	知足　ji^1 zug^1
正在　jing^3 zoi^6	沼澤　jiu^2 zag^6	在職　zoi^6 jig^1
主宰　ju^2 zoi^2	尊重　jun^1 zung^6	總之　zung^2 ji^1

3. 細心聆聽錄音，然後寫出以下各拼音的相關詞語。

zan^3 zo^6 ____________　　ji^1 zêng^2 ____________

zêu^3 zung^1 ____________　　jun^2 zoi^3 ____________

zab^{6} ji^{3} ____________　　zou^{2} jig^{1} ____________

舌葉音送氣聲母 c (q)

1. 細心聆聽以下各 c (q) 聲母字的發音，然後用粵語準確讀出。

叉　ca^{1}	車　cé^{1}	初　co^{1}
猜　cai^{1}	秋　ceo^{1}	超　qiu^{1}
纖　qim^{1}	清　qing^{1}	出　cêd^{1}

2. 細心聆聽以下各 c (q) 聲母詞語發音，然後用粵語準確讀出。

查察　ca^{4} cad^{3}	餐車　can^{1} cé^{1}	猜測　cai^{1} ceg^{1}
千層　qin^{1} ceng^{4}	超卓　qiu^{1} cêg^{3}	青菜　céng^{1} coi^{3}
清倉　qing^{1} cong^{1}	初出　co^{1} cêd^{1}	儲蓄　qu^{5} cug^{1}

3. 細心聆聽錄音，然後寫出以下各拼音的相關詞語。

cen^{1} qig^{1} ____________　　co^{1} coi^{3} ____________

ceng^{4} qi^{3} ____________　　cung^{4} qi^{2} ____________

qing^{2} qi^{4} ____________　　cêd^{1} cai^{1} ____________

粵語擦音聲母 s(x) 的發音

粵語聲母 s (x) 屬**舌葉清擦音**聲母。普通話沒有粵語這種舌葉部位發音的聲母。以下是舌葉清擦音聲母 s (x) 的發音特點。

粵語聲母 s (x) 的發音

發音時聲帶不會振動，同樣不會完全阻塞氣流通道，由舌葉靠攏齒齦後的硬腭部位做成隙縫，讓氣流通過隙縫摩擦發聲。

- 聲母 s (x) 與韻母結合組成音節，例如「沙 sa^{1}」和「詩 xi^{1}」等。

聲母發音練習(二)

舌葉清擦音聲母 s (x)

. 細心聆聽以下各 s (x) 聲母字的發音，然後用粵語準確讀出。

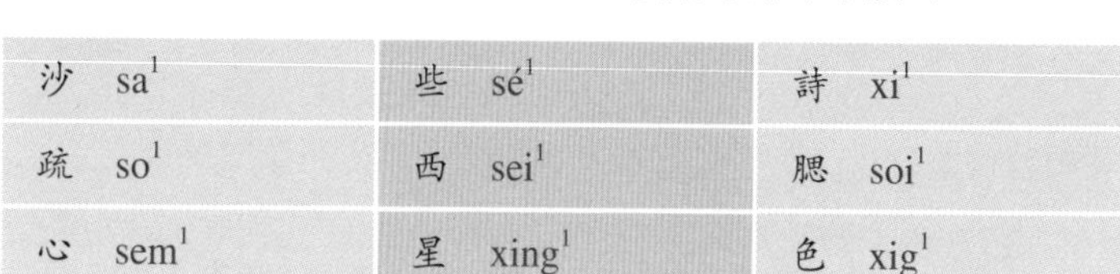

沙　sa^{1}	些　sé^{1}	詩　xi^{1}
疏　so^{1}	西　sei^{1}	腮　soi^{1}
心　sem^{1}	星　xing^{1}	色　xig^{1}

. 細心聆聽以下各 s (x) 聲母詞語發音，然後用粵語準確讀出。

沙石　sa^{1} ség^{6}	心思　sem^{1} xi^{1}	山西　san^{1} sei^{1}
新生　sen^{1} seng^{1}	收生　seo^{1} seng^{1}	詩書　xi^{1} xu^{1}
消失　xiu^{1} sed^{1}	肅殺　sug^{1} sad^{3}	雪霜　xud^{3} sêng^{1}

. 細心聆聽錄音，然後寫出以下各拼音的相關詞語。

sei^{3} xi^{6} ____________　　seng^{1} séi^{2} ____________

sêng^{6} xi^{1} ____________　　sen^{1} xi^{1} ____________

sêng^{1} sem^{1} ____________　　xun^{2} sed^{1} ____________

聲母發音對比

. 細心聆聽以下各詞語讀音，然後用粵語依次準確讀出。小心區別聲母 z (j)、c (q) 與 s (x) 的發音，注意辨別其中送氣與不送氣聲母的讀音差異。

z (j) 聲母		c (q) 聲母		s (x) 聲母	
周歲	zeo^{1} sêu^{3}	抽稅	ceo^{1} sêu^{3}	收稅	seo^{1} sêu^{3}
真人	zen^{1} yen^{4}	親人	cen^{1} yen^{4}	新人	sen^{1} yen^{4}
珍貴	zen^{1} guei^{3}	親貴	cen^{1} guei^{3}	新貴	sen^{1} guei^{3}

z (j) 聲母		c (q) 聲母		s (x) 聲母	
精華	jing^{1} wa^{4}	清華	qing^{1} wa^{4}	昇華	xing^{1} wa^{4}
知心	ji^{1} sem^{1}	痴心	qi^{1} sem^{1}	私心	xi^{1} sem^{1}
開張	hoi^{1} zêng^{1}	開窗	hoi^{1} cêng^{1}	開箱	hoi^{1} sêng^{1}

2. 細心聆聽音檔讀音，並在下列詞語音標空位上填上正確的聲母。

簪花	____am^{1} fa^{1}	三花	____am^{1} fa^{1}
稱贊	qing^{1} ____an^{3}	青傘	qing^{1} ____an^{3}
璀璨	cêu^{1} ____an^{3}	吹散	cêu^{1} ____an^{3}
淒涼	____ei^{1} lêng^{4}	西涼	____ei^{1} lêng^{4}
妻子	____ei^{1} ji^{2}	篩子	____ei^{1} ji^{2}
經濟	ging^{1} ____ei^{3}	驚世	ging^{1} ____ei^{3}

粵普聲母對應

粵語 z、c、s (j、q、x) 聲母與普通話對應情況較複雜，三個聲母同時對應普通話**舌尖前**音 z、c、s，**舌面音** j、q、x，及**舌尖後音** zh、ch、sh 三組不同聲母。兩者對應情況如下：

- 粵語 z、c、s (j、q、x) 聲母，主要對應普通話 zh、ch、sh 聲母；其次對應普通話 z、c、s 和 j、q、x 聲母。
- 除直接對應普通話以上三組聲母外，粵語 z、c、s (j、q、x) 聲母，又會與普通話 d、t、h、n、r、y 等聲母對應。

粵語聲母	普通話主要對應聲母	普通話其他對應聲母
z (j)	zh、z、j	c、s、q、x、ch、sh、n、y
c (q)	ch、c、q	z、s、j、x、zh、sh、t
s (x)	sh、s、x	c、j、q、zh、ch、d、t、h、r、y

粵語舌葉塞擦音聲母 z (j)

- 粵語聲母 z (j) 大部分都對應普通話 zh 聲母，約兩成對應普通話 z 聲母，約一成半對應普通話 j 聲母。小部分對應普通話 c、s、q、x、ch、sh、n、y 等聲母。

普通話 zh、z、j 聲母 ⟶ 粵語 z (j) 聲母

以下是上述粵普聲母對應的常見字舉例：

	普通話	粵語
張	zhāng	zêng^{1}
知	zhī	ji^{1}
早	zǎo	zou^{2}
自	zì	ji^{6}
際	jì	zei^{3}
精	jīng	jing^{1}

粵語舌葉塞擦音聲母 c (q)

- 粵語聲母 c (q) 超過四成對應普通話 ch 聲母，約兩成對應普通話 c 聲母，約一成半對應普通話 q 聲母，小部分對應普通話 z、s、j、x、zh、sh、t 聲母。

普通話 ch、c、q 聲母 ⟶ 粵語 c (q) 聲母

以下是上述粵普聲母對應的常見字舉例：

	普通話	粵語
茶	chá	ca^{4}
程	chéng	qing^{4}
才	cái	coi^{4}
詞	cí	qi^{4}

	普通話	粵語
齊	qí	cei^{4}
清	qīng	qing^{1}

粵語舌葉塞擦音聲母 s (x)

■ 粵語聲母 s (x) 超過四成多對應於普通話 sh 聲母，約兩成多對應普通話 s 聲母，約兩成對應普通話 x 聲母。其餘小部分對應於普通話的 c、j、q、zh、ch、d、t、h、r、y 等聲母。

普通話 sh、s、x 聲母 ⟶ 粵語 s (x) 聲母

以下是上述粵普聲母對應的常見字舉例：

	普通話	粵語
山	shān	san^{1}
詩	shī	xi^{1}
三	sān	sam^{1}
思	sī	xi^{1}
西	xī	sei^{1}
笑	xiào	xiu^{3}

粵普聲母差異辨別

■ 選取以下詞語所標示的正確拼音，在答案的空位上加上 ✓ 號。

乘船　cing^{4} cun^{4} ________　qing^{4} qun^{4} ________　xing^{4} xun^{4} ________

超卓　jiu^{1} zêg^{3} ________　qiu^{1} cêg^{3} ________　xiu^{1} sêg^{3} ________

習俗　xib^{6} cug^{6} ________　qab^{6} sug^{6} ________　zab^{6} zug^{6} ________

簷雀　yim^{4} cêg^{3} ________　xim^{4} zêg^{3} ________　xim^{4} sêg^{3} ________

祥瑞	xêng^{4} rêu^{6} ________	sêng^{4} sêu^{6} ________	cêng^{4} sêu^{6} ________
貯蓄	zhu^{5} xug^{1} ________	qu^{5} cug^{1} ________	zu^{5} cug^{1} ________
期間	qi^{4} jan^{1} ________	céi^{4} zan^{1} ________	kéi^{4} gan^{1} ________
石柱	shég^{6} zhu^{5} ________	ség^{6} zu^{5} ________	ség^{6} qu^{5} ________

K♪歌學粵語

聆聽錄音及跟唱以下粵語歌曲，然後在右面空格內，分別寫上歌詞內屬於聲母 z (j)、c (q) 與 s (x) 的字。

曾停留風裏看着多少的晚秋
如何能跟妳說別瀟灑的遠走
含愁凝望妳　要分手是時候
那心間多少淚水未讓流

——黃凱芹《晚秋》

聲母 z (j)________________

聲母 c (q)________________

聲母 s (x)________________

答案

聲母發音練習(一)

舌葉音不送氣聲母 z (j)

3. 細心聆聽錄音，然後寫出以下各拼音的相關詞語。

zan[3] zo[6]	贊助	ji[1] zêng[2]	滋長
zêu[3] zung[1]	最終	jun[2] zoi[3]	轉載
zab[6] ji[3]	雜誌	zou[2] jig[1]	組織

舌葉音送氣聲母 c (q)

3. 細心聆聽錄音，然後寫出以下各拼音的相關詞語。

cen[1] qig[1]	親戚	co[1] coi[3]	初賽
ceng[4] qi[3]	層次	cung[4] qi[2]	從此
qing[2] qi[4]	請辭	cêd[1] cai[1]	出差

聲母發音練習(二)

舌葉清擦音聲母 s (x)

3. 細心聆聽錄音，然後寫出以下各拼音的相關詞語。

sei[3] xi[6]	世事	seng[1] séi[2]	生死
sêng[6] xi[1]	上司	sen[1] xi[1]	新詩
sêng[1] sem[1]	傷心	xun[2] sed[1]	損失

聲母發音對比

2. 細心聆聽音檔讀音，並在下列詞語音標空位上填上正確的聲母。

簪花	z am[1] fa[1]	三花	s am[1] fa[1]
稱贊	qing[1] z an[3]	青傘	qing[1] s an[3]

璀璨	cêu[1] ___c___ an[3]	吹散	cêu[1] ___s___ an[3]
淒涼	___c___ ei[1] lêng[4]	西涼	___s___ ei[1] lêng[4]
妻子	___c___ ei[1] ji[2]	篩子	___s___ ei[1] ji[2]
經濟	ging[1] ___z___ ei[3]	驚世	ging[1] ___s___ ei[3]

粵普聲母差異辨別

乘船	cing[4] cun[4]	______	qing[4] qun[4]	______	xing[4] xun[4]	✓
超卓	jiu[1] zêg[3]	______	qiu[1] cêg[3]	✓	xiu[1] sêg[3]	______
習俗	xib[6] cug[6]	______	qab[6] sug[6]	______	zab[6] zug[6]	✓
簷雀	yim[4] cêg[3]	______	xim[4] zêg[3]	✓	xim[4] sêg[3]	______
祥瑞	xêng[4] rêu[6]	______	sêng[4] sêu[6]	______	cêng[4] sêu[6]	✓
貯蓄	zhu[5] xug[1]	______	qu[5] cug[1]	✓	zu[5] cug[1]	______
期間	qi[4] jan[1]	______	céi[4] zan[1]	______	kéi[4] gan[1]	✓
石柱	shég[6] zhu[5]	______	ség[6] zu[5]	______	ség[6] qu[5]	✓

歌學粵語

聽錄音及跟唱以下粵語歌曲，然後在右面空格內，分別寫上歌詞內屬於聲母 z (j)、c (q) 與 s (x) 的字。

曾停留風裏看着多少的晚秋
如何能跟妳説別瀟灑的遠走
含愁凝望妳　要分手是時候
那心間多少淚水未讓流

—— 黃凱芹《晚秋》

聲母 z (j)	着、走
聲母 c (q)	曾、秋
聲母 s (x)	灑、愁、手、心、水
	少、説、瀟、是、時

z (j) 聲母　着 zêg[6]、走 zeo[2]

c (q) 聲母　曾 ceng[4]、秋 ceo[1]

s (x) 聲母　灑 sa[2]、愁 seo[4]、手 seo[2]、心 sem[1]、水 sêu[2]
少 xiu[2]、説 xud[3]、瀟 xiu[1]、是 xi[6]、時 xi[4]

第八課

唇音聲母 m 與 f

語音特點簡介

粵語聲母 m 與 f 都屬於唇音聲母，分別在 m 屬於**雙唇鼻音**聲母，而 f 則屬於**唇齒音**聲母。聲母 m 與 f 的發音與普通話相若，在粵普對應方面，除分別直接對應普通話 m 與 f 聲母外，粵語 m 聲母部分對應普通話的**零聲母**；粵語 f 聲母部分對應於普通話 h 與 k 等**舌根音**聲母。

發音要點

粵語聲母 m 與 f 同屬於**唇音**聲母，發音時都在嘴唇部位形成阻礙發聲。兩者與普通話聲母 m 和 f 發音部位和方法都一致，故此發音都相若。

- 注意**粵普對應**方面不少粵語讀 m 或 f 聲母的字，普通話會對應於其他聲母，其間差異詳見本課**粵普聲母對應**內說明。
- 粵語聲母 m 跟同屬**雙唇音**聲母的 b 與 p 發音不同，差別在於 b 與 p 僅在口腔成阻發聲，且聲帶不振動；而 m 則兼在鼻腔發聲，聲帶也會振動。

粵語聲母 m 的發音

粵語聲母 m 屬**雙唇濁鼻音**聲母。發音時聲帶會振動。發 m 聲母時先閉合上下唇阻塞氣流通路，同時軟顎下垂打開鼻腔通道。聲帶振動的同時，氣流通過口腔和鼻腔，在雙唇後受阻發聲。

- 聲母 m 與韻母結合組成音節，例如「媽 ma^{1}」和「貓 mao^{1}」等。

粵語聲母 f 的發音

粵語聲母 f 屬**唇齒清擦音**。發音時上齒輕觸下唇內沿形成氣流通道間隙，同時將軟顎上升封閉鼻腔通道。發音時聲帶不振動，讓氣流通過唇齒間隙而摩擦發聲。

- 聲母 f 與韻母結合組成音節，例如「花 fa¹」和「芬 fen¹」等。

聲母發音練習

雙唇鼻音聲母 m

細心聆聽以下各 m 聲母字的發音，然後用粵語準確讀出。

媽　ma¹	咩　mé¹	摩　mo¹
買　mai⁵	微　méi⁴	梅　mui⁴
民　men⁴	門　mun⁴	明　ming⁴

細心聆聽以下各 m 聲母詞語發音，然後用粵語準確讀出。

麻木　ma⁴ mug⁶	埋沒　mai⁴ mud⁶	謾罵　man⁶ ma⁶
盲目　mang⁴ mug⁶	美妙　méi⁵ miu⁶	文物　men⁴ med⁶
蕪蔓　mou⁴ man⁶	蒙昧　mung⁴ mui⁶	牧民　mug⁶ men⁴

細心聆聽錄音，然後寫出以下各拼音的相關詞語。

mai⁵ mai⁶ ____________　meg⁶ miu⁴ ____________

men⁴ mang⁴ ____________　min⁶ mao⁶ ____________

men⁴ ming⁴ ____________　mei⁴ mong⁵ ____________

唇齒音聲母 f

細心聆聽以下各 f 聲母字的發音，然後用粵語準確讀出。

花　fa¹	快　fai³	返　fan¹
輝　fei¹	芬　fen¹	飛　féi¹
方　fong¹	夫　fu¹	福　fug¹

2. 細心聆聽以下各 f 聲母詞語發音，然後用粵語準確讀出。

花費　fa^{1} fei^{3}	反覆　fan^{2} fug^{1}	飛快　féi^{1} fai^{3}
分化　fen^{1} fa^{3}	奮發　fen^{5} fad^{3}	火花　fo^{2} fa^{1}
方法　fong^{1} fad^{3}	豐富　fung^{1} fu^{3}	福分　fug^{1} fen^{6}

3. 細心聆聽錄音，然後寫出以下各拼音的相關詞語。

fen^{5} fad^{3} ____________　　fen^{1} fong^{1} ____________

féi^{1} fa^{1} ____________　　fong^{1} féi^{1} ____________

fu^{1} fu^{5} ____________　　fun^{1} fud^{3} ____________

聲母發音對比

雖然粵語聲母 m 與 f 都屬**唇音**，但因分屬**雙唇鼻音**與**唇齒音**，發音部位及發音方法都不同，故兩者發音不易混淆。以下是兩聲母的常見字舉例。

■ 細心聆聽以下各詞語讀音，然後用粵語依次準確讀出。小心區別聲母 m 與 f 的發音，注意辨別其中**雙唇鼻音**與**唇齒音**聲母的讀音差異。

m 聲母		f 聲母	
大媽	dai^{6} ma^{1}	大花	dai^{6} fa^{1}
微觀	méi^{4} gun^{1}	肥官	féi^{4} gun^{1}
過問	guo^{3} men^{6}	過分	guo^{3} fen^{6}
勿視	med^{6} xi^{6}	忽視	fed^{1} xi^{6}
謀生	meo^{4} seng^{1}	浮生	feo^{4} seng^{1}
魔幻	mo^{1} wan^{6}	科幻	fo^{1} wan^{6}

粵普聲母對應

粵語**唇音**聲母 m 與 f ，除都主要直接對應普通話聲母 m 與 f 外，更與其他聲母對應。兩聲母與普通話對應情況如下：

- 粵語 m 和 f 聲母**主要直接對應**普通話 m 和 f 聲母；其次對應普通話**零聲母** Ø。
- 除直接對應普通話以上聲母外，粵語 m 和 f 聲母又與普通話 h、k、b、p、j、x 等聲母對應。

粵語聲母	普通話主要對應聲母	普通話其他對應聲母
m	m	w、y、b、p
f	f	h、k、b、p、j、x、Ø

粵語雙唇鼻音聲母 m

- 粵語聲母 m 約八成以上直接對應普通話 m 聲母，接近兩成對應普通話 w 和 y 等零聲母，其餘個別字對應普通話 b 和 p 聲母。

普通話 m、w、y 聲母 ——→ 粵語 m 聲母

以下是上述粵普聲母對應的常見字舉例：

	普通話	粵語
媽	mā	ma[1]
忙	máng	mong[4]
明	míng	ming[4]
未	wèi	méi[6]
問	wèn	men[6]
杳	yǎo	miu[5]

粵語唇齒音聲母 f

- 粵語聲母 f 接近七成直接對應普通話 f 聲母，多於一成半對應普通話 h 聲母，約一成對應於普通話的 k 聲母，其餘個別字對應普通話 b、p、j、x、w、y 等聲母。

普通話 f、h、k 聲母 ——→ 粵語 f 聲母

以下是上述粵普聲母對應的常見字舉例：

	普通話	粵語
發	fā	fad3
方	fāng	fong1
福	fú	fug1
花	huā	fa1
輝	huī	fei1
課	kè	fo3

粵普聲母發音對比

粵語 m 聲母與普通話零聲母對比

1. 細心聆聽以下各詞語讀音，然後用粵語依次準確讀出。小心區別其中粵語聲母 m 與普通話**零聲母**的發音差別。

	普通話讀音	粵語誤讀	粵語正確讀音
蕪蔓	wú wàn	wou4 wan6	mou4 man6
文物	wén wù	wen4 wed6	men4 med6
嫵媚	wǔ mèi	wou5 méi6	mou5 méi6
無味	wú wèi	wou4 wéi6	mou4 méi6
未晚	wèi wǎn	wéi6 wan5	méi6 man5
萬望	wàn wàng	wan6 wong6	man6 mong6

語 f 聲母與普通話 h 及 k 聲母對比

細心聆聽以下各詞語讀音，然後用粵語依次準確讀出。小心區別其中粵語聲母 f 與普通話各不同聲母的發音差別。

	普通話讀音	粵語誤讀	粵語正確讀音
火花	huǒ huā	ho^{2} ha^{1}	fo^{2} fa^{1}
恢復	huī fù	hui^{1} fug^{6}	fui^{1} fug^{6}
揮霍	huī huò	hei^{1} hog^{3}	fei^{1} fog^{3}
無悔	wú huǐ	wou^{4} hui^{3}	mou^{4} fui^{3}
寬闊	kuān kuò	kun^{1} kud^{3}	fun^{1} fud^{3}
飛快	fēi kuài	féi^{1} kai^{3}	féi^{1} fai^{3}

普聲母差異辨別

選取以下詞語所標示的正確拼音，在答案的空位上加上 ✓ 號。

花瓣	ha^{1} ban^{6}	________	ha^{1} fan^{6}	________	fa^{1} fan^{6}	________
未婚	méi^{6} fen^{1}	________	wéi^{6} fen^{1}	________	wéi^{3} hun^{1}	________
歡呼	hun^{1} hu^{1}	________	hun^{1} fu^{1}	________	fun^{1} fu^{1}	________
網課	wong^{5} ko^{3}	________	wong^{5} fo^{3}	________	mong^{5} fo^{3}	________
苦況	fu^{2} fong^{3}	________	ku^{2} fong^{3}	________	ku^{2} kong^{3}	________
杳茫	yao^{5} mang^{4}	________	yiu^{5} mong^{4}	________	miu^{5} mong^{4}	________
揮舞	hei^{1} wou^{5}	________	fei^{1} wou^{5}	________	fei^{1} mou^{5}	________
庫房	ku^{3} fang^{4}	________	fu^{3} fang^{4}	________	fu^{3} fong^{4}	________

誦詩學粵語

■ 聆聽錄音及學習試用粵語吟誦以下詩詞，然後在右面空格內，分別寫上詩詞內屬於粵語 m 及 f 聲母的字。

花近高樓傷客心，萬方多難此登臨。
錦江春色來天地，玉壘浮雲變古今。
北極朝廷終不改，西山寇盜莫相侵。
可憐後主還祠廟，日暮聊為梁甫吟。

——杜甫《登樓》

聲母 m ________________

聲母 f ________________

答 案

聲母發音練習

雙唇鼻音聲母 m

細心聆聽錄音，然後寫出以下各拼音的相關詞語。

mai^{5} mai^{6}	買賣	meg^{6} miu^{4}	麥苗
men^{4} mang^{4}	文盲	min^{6} mao^{6}	面貌
men^{4} ming^{4}	聞名	mei^{4} mong^{5}	迷惘

唇齒音聲母 f

細心聆聽錄音，然後寫出以下各拼音的相關詞語。

fen^{5} fad^{3}	奮發	fen^{1} fong^{1}	芬芳
féi^{1} fa^{1}	飛花	fong^{1} féi^{1}	芳菲
fu^{1} fu^{5}	夫婦	fun^{1} fud^{3}	寬闊

粵普聲母差異辨別

花瓣	ha^{1} ban^{6}		ha^{1} fan^{6}		fa^{1} fan^{6}	✓
未婚	méi^{6} fen^{1}	✓	wéi^{6} fen^{1}		wéi^{3} hun^{1}	
歡呼	hun^{1} hu^{1}		hun^{1} fu^{1}		fun^{1} fu^{1}	✓
網課	wong^{5} ko^{3}		wong^{5} fo^{3}		mong^{5} fo^{3}	✓
苦況	fu^{2} fong^{3}	✓	ku^{2} fong^{3}		ku^{2} kong^{3}	
杳茫	yao^{5} mang^{4}		yiu^{5} mong^{4}		miu^{5} mong^{4}	✓
揮舞	hei^{1} wou^{5}		fei^{1} wou^{5}		fei^{1} mou^{5}	✓
庫房	ku^{3} fang^{4}		fu^{3} fang^{4}		fu^{3} fong^{4}	✓

誦詩學粵語

■ 聆聽錄音及學習試用粵語吟誦以下詩詞，然後在右面空格內，分別寫上詩詞中屬於粵語 m 及 f 聲母的字。

花近高樓傷客心，萬方多難此登臨。
錦江春色來天地，玉壘浮雲變古今。
北極朝廷終不改，西山寇盜莫相侵。
可憐後主還祠廟，日暮聊為梁甫吟。

——杜甫《登樓》

聲母 m　萬、莫
　　　　廟、暮
聲母 f　花、方
　　　　浮、甫

m 聲母	萬 man⁶、莫 mog⁶、廟 miu⁶、暮 mou⁶
f 聲母	花 fa¹、方 fong¹、浮 feo⁴、甫 fu²

第九課 **喉音聲母 h**

語音特點簡介

雖然 h 聲母同時見於普通話與粵語中，然而兩者發音卻大有分別，普通話 h 聲母屬**舌根音**，但粵語聲母中卻屬**喉音**。除發音部位差異外，兩者對應也有較大出入，對講普通話為主的初學者說，喉音 h 是較難講得準確的聲母。

發音要點

粵語 h 聲母屬**喉音**，發音位置較普通話 h 聲母更後，發音部位近喉門處，是發音位置最深入的一個聲母。普通話沒有這種喉音。

- 粵語聲母 h 發音與英語輔音 h 相同，普通話**舌根音** h 聲母不但發音部位較前，氣流推送也較弱。
- 普通話對應粵語聲母 h 的主要是**舌面音** x 聲母，其次才是**舌根音** h 聲母

粵語喉音聲母 h 的發音

粵語喉音聲母 h 屬**清擦音**，發音部位在喉門，發音時聲帶不振動，先將舌根後靠近喉壁做成隙縫，讓肺部呼出的氣流通過咽喉隙縫摩擦發聲。聲母 h 與韻母結合組成音節，例如「哈 ha1」和「希 héi1」等。

- 粵語 h 聲母發音，較普通話**舌根音**聲母 h 更後，發聲時較其他聲母呼氣深長及更費勁。普通話沒有發音位置如此深的聲母，故此對初學者來說下不容易掌握。

✣ **發音錦囊**　要練習 h 聲母發聲，可用一張紙直立擋在嘴巴前面，深吸一口氣後再從肺部呼氣發聲。發 h 聲母字音時，嘗試從喉頭呼出氣流推動紙張，反覆練習在加深呼出氣流的同時，便可逐漸掌握喉音的發音方法。

聲母發音練習

喉音聲母 h

細心聆聽以下各 h 聲母字的發音，然後用粵語準確讀出。

哈 ha^{1}	苛 ho^{1}	靴 hê^{1}
揩 hai^{1}	希 héi^{1}	開 hoi^{1}
謙 him^{1}	空 hung^{1}	香 hêng^{1}

細心聆聽以下各 h 聲母詞語發音，然後用粵語準確讀出。

蝦蟹 ha^{1} hai^{5}	下海 ha^{6} hoi^{2}	黑客 heg^{1} hag^{3}
口渴 heo^{2} hod^{3}	謙虛 him^{1} hêu^{1}	輕巧 hing^{1} hao^{2}
慶賀 hing^{3} ho^{6}	苛刻 ho^{1} heg^{1}	空閒 hung^{1} han^{4}

細心聆聽錄音，然後寫出以下各拼音的相關詞語。

hao^{2} heb^{6} ____________　　héi^{2} hing^{3} ____________

heb^{6} hag^{3} ____________　　hêu^{2} ho^{2} ____________

hing^{1} hêng^{1} ____________　　hung^{1} hêu^{1} ____________

聲母發音對比

細心聆聽以下各詞語讀音，然後用粵語依次準確讀出。小心區別其中舌根音 g 聲母與 k 聲母，跟喉音 h 聲母之間三者的讀音差別。

g 聲母		k 聲母		h 聲母	
不教	bed^1 gao^3	不靠	bed^1 kao^3	不孝	bed^1 hao^3
正今	jing^3 gem^1	正襟	jing^3 kem^1	正堪	jing^3 hem^1
不居	bed^1 gêu^1	不拘	bed^1 kêu^1	不虛	bed^1 hêu^1
不覺	bed^1 gog^3	不確	bed^1 kog^3	筆殼	bed^1 hog^3
大菊	dai^6 gug^1	大麴	dai^6 kug^1	大哭	dai^6 hug^1

2. 細心聆聽音檔讀音，並在下列詞語音標空位上填上正確的聲母。

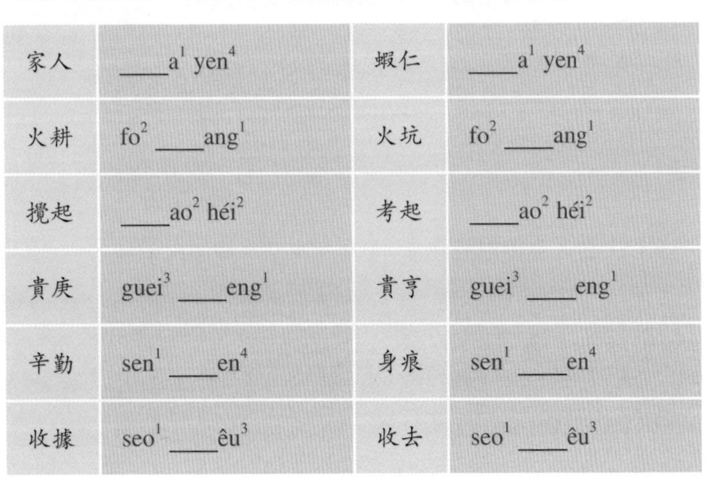

家人	____a^1 yen^4	蝦仁	____a^1 yen^4
火耕	fo^2 ____ang^1	火坑	fo^2 ____ang^1
攪起	____ao^2 héi^2	考起	____ao^2 héi^2
貴庚	guei^3 ____eng^1	貴亨	guei^3 ____eng^1
辛勤	sen^1 ____en^4	身痕	sen^1 ____en^4
收據	seo^1 ____êu^3	收去	seo^1 ____êu^3

粵普聲母對應

粵語**喉音**聲母 h 除直接對應於普通話聲母 h 外，更與其他聲母對應。粵語音聲母 h 約三成半以上對應於普通話 x 聲母，約三成對應於普通話 h 聲母，其餘有一成半對應於 k 聲母，約一成三對應於 q 聲母，此外少量對應於普通話的 g 、j ch 、 sh 和零聲母。

粵語聲母	普通話主要對應聲母	普通話其他對應聲母
h	x 、h 、k 、q	g 、j 、ch 、sh 、Ø

普通話 x 、 h 、 k 、 q 聲母 ——→ 粵語 h 聲母

以下是上述粵普聲母對應的常見字舉例：

	普通話	粵語
香	xiāng	hêng^{1}
蝦	xiā	ha^{1}
廈	xià	ha^{6}
許	xǔ	hêu^{2}
海	hǎi	hoi^{2}
何	hé	ho^{4}
後	hòu	heo^{6}
客	kè	hag^{3}
開	kāi	hoi^{1}
輕	qīng	hing^{1}
去	qù	hêu^{3}
起	qǐ	héi^{2}

粵語 h 聲母與普通話聲母對應關係

聲母 h 粵普對應情況較複雜，除以上提到對應外，更可以從普通話 h 聲母所連接介音，及與上述 x、h、k、q 等聲母組成音節的韻母，判斷與粵語 h 聲母或其他聲母的對應關係。以下是上述關係的說明：

1. 普通話 h 聲母接介音 u 的字，多對應粵語 w 聲母或 f 聲母，而並非 h 聲母。

普通話 h 聲母 + u ——→ 粵語 w / f 聲母

不少人因受普通話的影響，在講粵語時往往依普通話聲母發音，而將粵語並非聲母的字講錯，例如：

	普通話讀音	粵語誤讀	粵語正確讀音
謊話	huǎng huà	hong^{1} ha^{6}	fong^{1} wa^{6}
呼喚	hū huàn	hu^{1} hun^{6}	fu^{1} wun^{6}
揮霍	huī huò	hei^{1} hog^{3}	fei^{1} fog^{3}

	普通話讀音	粵語誤讀	粵語正確讀音
花卉	huā huì	ha^1 hei^2	fa^1 wei^2
悔恨	huǐ hèn	hui^3 hen^6	fui^3 hen^6

2. 普通話屬 h 與 k 聲母的字，如聲母接於 a、e、o、u 等**元音**韻母（即非接於介音 i 及 ü）的話，粵語多屬 h 聲母的字，例如：

普通話 h 聲母 + a / e / o / u ——→ 粵語 h 聲母
普通話 k 聲母 + a / e / o / u ——→ 粵語 h 聲母

	普通話		粵語
海	hǎi	——→	hoi^2
河	hé	——→	ho^4
揩	kāi	——→	hai^1
可	kě	——→	ho^2

3. 普通話屬 x 與 q 聲母的字，如聲母接於介音 i 或 ü，則粵語多屬 h 聲母的字
例如：

普通話 x 聲母 + i / ü ——→ 粵語 h 聲母
普通話 q 聲母 + i / ü ——→ 粵語 h 聲母

	普通話		粵語
閒	xián	——→	han^4
喧	xuǎn	——→	hün^1
謙	qiān	——→	him^1
圈	quān	——→	hün^4

由於普通話 x、h、k、q 等聲母，與粵語 h 聲母對應的字佔總數九成以上
知道上述對應規律的話，即可基本掌握普通話與粵語 h 聲母的對應關係。

粵普聲母差異辨別

選取以下詞語所標示的正確拼音，在答案的空位上加上 ✓ 號。

看客	kon^3 kag^3	______	hon^3 kag^3	______	hon^3 hag^3	______
恰好	qeb^1 hou^2	______	heb^1 hou^2	______	keb^1 hou^2	______
輕巧	qing^1 qao^2	______	hing^1 qao^2	______	hing^1 hao^2	______
苛刻	ko^1 keg^1	______	ko^1 heg^1	______	ho^1 heg^1	______
後悔	heo^6 hui^3	______	heo^6 fui^3	______	feo^6 fui^3	______
會話	hui^4 hua^4	______	wui^6 ha^2	______	wui^6 wa^2	______
開花	kai^1 hua^1	______	kai^1 fa^1	______	hoi^1 fa^1	______
航空	hang^4 kong^1	______	hong^4 kung^1	______	hong^4 hung^1	______

歌學粵語

聆聽錄音及跟唱以下粵語歌曲，然後在右面空格內，分別寫上歌詞的屬於聲母 h 、 m 與 f 的字。

苦海翻起愛恨
在世間難逃避命運
相親竟不可接近
或我應該相信是緣份

—— 盧冠廷《一生所愛》

聲母 h ____________

聲母 m ____________

聲母 f ____________

答 案

聲母發音練習

喉音聲母 h

3. 細心聆聽錄音，然後寫出以下各拼音的相關詞語。

hao^2 heb^6	巧合	héi^2 hing^3	喜慶
heb^6 hag^3	俠客	hêu^2 ho^2	許可
hing^1 hêng^1	馨香	hung^1 hêu^1	空虛

聲母發音對比

2. 細心聆聽音檔讀音，並在下列詞語音標空位上填上正確的聲母。

家人	__g__ a^1 yen^4	蝦仁	__h__ a^1 yen^4
火耕	fo^2 __g__ ang^1	火坑	fo^2 __h__ ang^1
攪起	__g__ ao^2 héi^2	考起	__h__ ao^2 héi^2
貴庚	guei^3 __g__ eng^1	貴亨	guei^3 __h__ eng^1
辛勤	sen^1 __k__ en^4	身痕	sen^1 __h__ en^4
收據	seo^1 __g__ êu^3	收去	seo^1 __h__ êu^3

粵普聲母差異辨別

看客	kon^3 kag^3		hon^3 kag^3		hon^3 hag^3	✓
恰好	qeb^1 hou^2		heb^1 hou^2	✓	keb^1 hou^2	
輕巧	qing^1 qao^2		hing^1 qao^2		hing^1 hao^2	✓
苛刻	ko^1 keg^1		ko^1 heg^1		ho^1 heg^1	✓
後悔	heo^6 hui^3		heo^6 fui^3	✓	feo^6 fui^3	

會話	hui^{4} hua^{4}	________	wui^{6} ha^{2}	________	wui^{6} wa^{2}	✓
開花	kai^{1} hua^{1}	________	kai^{1} fa^{1}	________	hoi^{1} fa^{1}	✓
航空	hang^{4} kong^{1}	________	hong^{4} kung^{1}	________	hong^{4} hung^{1}	✓

K 歌學粵語

聆聽錄音及跟唱以下粵語歌曲，然後在右面空格內，分別寫上歌詞內屬於聲母 h、m 與 f 的字。

苦海翻起愛恨
在世間難逃避命運
相親竟不可接近
或我應該相信是緣分

—— 盧冠廷《一生所愛》

聲母 h　海、起
　　　　恨、可
聲母 m　命
聲母 f　苦、翻、分

h 聲母　海 hoi^{2}、起 héi^{2}、恨 hen^{6}、可 ho^{2}
m 聲母　命 ming^{6}
f 聲母　苦 fu^{2}、翻 fan^{1}、分 fen^{6}

第十課 鼻音聲母 n 與邊音聲母 l

語音特點簡介

粵語聲母 n 與 l 都屬**舌尖音**聲母，不同處在於 n 屬於**鼻音**聲母，而 l 則屬於**邊音**聲母。粵語聲母 n 與 l 的發音與普通話相若，在粵普對應方面都主要直接對應於普通話 n 與 l 聲母。

發音要點

粵語聲母 n 與 l 同屬**舌尖音**聲母，兩者發音部位相同，都藉舌尖接觸齒齦或齒背而做成阻礙發音。

- 粵語聲母 n 屬**舌尖鼻音**聲母，發音部位在舌尖、齒齦和鼻腔位置；而 l 則屬**舌尖邊音**聲母，發音部位在舌尖、齒齦和口腔位置。
- 粵語聲母 n 與 l 的發音分別，是前者屬氣流經鼻腔流出的**鼻音**，後者屬氣流經口腔兩邊流出的**邊音**。
- 粵語聲母 n 與 l 發音部位十分相似，在粵方言區尤其在**香港地區**內，長期以來普遍混淆 n 與 l 兩聲母發音。注意區別兩者發音差異，並熟記屬 n 聲母與 l 聲母常用字便可改善問題。

粵語聲母 n 的發音

粵語聲母 n 屬**舌尖濁鼻音**聲母，發音時聲帶振動，先將舌尖接觸上齒齦或齒背，小舌及軟顎貼舌根讓氣流通路阻塞，再**打開鼻腔通道**，讓氣流通過振動聲帶發聲。聲母 n 與韻母結合組成音節，例如「拿 na^4」和「南 nam^4」等。

粵語聲母 l 的發音

粵語聲母 l 屬**舌尖濁邊音**聲母，發音時聲帶振動，先將舌尖抵住上齒齦或齒背阻礙氣流通道，小舌與軟顎上升**封閉鼻腔通道**，氣流通過振動聲帶，並**由舌頭兩邊**空隙流出發聲。聲母 l 與韻母組成音節，如「啦 la^1」和「藍 lam^4」。

聲母發音練習

舌尖鼻音聲母 n

. 細心聆聽以下各 n 聲母字的發音，然後用粵語準確讀出。

拿　na^4	呢　né^1	乃　nai^5
泥　nei^4	你　néi^5	耐　noi^6
鳥　niu^5	女　nêu^5	年　nin^4

. 細心聆聽以下各 n 聲母詞語發音，然後用粵語準確讀出。

拿捏　na^4 nib^6	南寧　nam^4 ning^4	能耐　neng^4 noi^6
泥淖　nei^4 nao^6	扭捏　neo^2 nib^6	呢喃　néi^4 nam^4
裊娜　niu^5 no^5	嬲怒　neo^1 nou^6	暖男　nün^5 nam^4

. 細心聆聽錄音，然後寫出以下各拼音的相關詞語。

nei^4 ning^6 ____________　　nan^4 noi^6 ____________

nug^6 néi^4 ____________　　nou^5 nou^6 ____________

nam^4 nêu^5 ____________　　nung^4 nou^4 ____________

舌尖邊音聲母 l

1. 細心聆聽以下各 l 聲母字的發音，然後用粵語準確讀出。

啦　la^1	拉　lai^1	藍　lam^4
流　leo^4	林　lem^4	李　$léi^5$
連　lin^4	來　loi^4	裏　$lêu^5$

2. 細心聆聽以下各 l 聲母詞語發音，然後用粵語準確讀出。

拉鍊　lai^1 lin^2	冷落　$lang^5$ log^6	勒令　leg^6 $ling^6$
流離　leo^4 $léi^4$	嘍囉　leo^4 lo^1	力量　lig^6 $lêng^6$
領略　$ling^5$ $lêg^6$	勞碌　lou^4 lug^1	聯絡　$lün^4$ log^3

3. 細心聆聽錄音，然後寫出以下各拼音的相關詞語。

lai^1 $lung^5$ __________　　lem^4 $léi^4$ __________

leo^4 lin^4 __________　　lin^4 log^3 __________

liu^6 $léi^5$ __________　　lou^4 $lung^4$ __________

聲母發音對比

粵語聲母 n 與 l 發音部位相同，故不少人將兩者混淆，尤其在講粵語速度較快的**香港地區**，往往將要兼顧鼻腔發聲這較難講的 n 聲母，變成發音較容易的 l 聲母。區別兩者方法如下：

- 明白粵語聲母 n 屬**鼻音**，聲母 l 屬**邊音**，兩者有不同發音方法，並熟記兩聲母的常用字。

- **發音錦囊**　可用一簡單方法區分聲母 n 與 l。發音時先將鼻子捏住，舌尖抵住上齒齦然後發聲。若氣流順利流出，發聲時沒任何困難，便是發邊音 l 聲母；反之若氣流堵在鼻腔無法發聲，便是做對發 n 聲母的動作。只要放開手讓氣流從鼻腔流出，便可準確發出 n 這一鼻音聲母。

1. 細心聆聽以下各詞語讀音，然後用粵語依次準確讀出。小心區別聲母 n 與 l 的發音，注意辨別其中**鼻音**與**邊音**聲母的讀音差異。

n 聲母		l 聲母	
留難	leo⁴ nan⁴	樓蘭	leo⁴ lan⁴
男女	nam⁴ nêu⁵	襤褸	lam⁴ lêu⁵
男色	nam⁴ xig¹	藍色	lam⁴ xig¹
年結	nin⁴ gid³	連結	lin⁴ gid³
惱人	nou⁵ yen⁴	老人	lou⁵ yen⁴
乾娘	gon¹ nêng⁴	乾糧	gon¹ lêng⁴

2. 細心聆聽音檔讀音，並在下列詞語音標空位上填上正確的聲母。

納命	____ab⁶ ming⁶	立命	____ab⁶ ming⁶
難乾	____an⁴ gon¹	欄干	____an⁴ gon¹
你們	____éi⁵ mun⁴	里門	____éi⁵ mun⁴
佞人	____ing⁶ yen⁴	令人	____ing⁶ yen⁴
騰挪	teng⁴ ____o⁴	藤蘿	teng⁴ ____o⁴
新娘	sen¹ ____êng⁴	新涼	sen¹ ____êng⁴

粵普聲母對應

粵語**舌尖音**聲母 n 和 l 分別主要**直接對應**於普通話聲母 n 和 l 外，更與其他聲母對應。兩粵語聲母與普通話對應情況如下：

- 在**粵普聲母對應**方面，粵語舌尖音聲母 n 和 l 絕大部都分別對應於普通話聲母 n 和 l。
- 除分別直接對應普通話以上兩組聲母外，粵語 n 和 l 聲母又有少量分別對應於普通話的 m、n、g、k、j、sh、r、Ø 等聲母。

粵語聲母	普通話主要對應聲母	普通話其他對應聲母
n	n	m、r、Ø
l	l	n、g、k、j、sh

粵語舌尖鼻音聲母 n

- 粵語聲母 n 超過九成以上直接對應普通話 n 聲母，其餘僅個別字對應普通話 m、r、Ø 等聲母。

普通話 n、m、r、Ø 聲母 ——→ 粵語 n 聲母

以下是上述粵普聲母對應的常見字舉例：

	普通話	粵語
南	nán	nam^4
男	nán	nam^4
內	nèi	noi^6
錨	máo	nao^4
稔	rěn	nem^5
餌	ěr	$néi^6$

粵語舌尖邊音聲母 l

- 粵語聲母 l 超過九成半直接對應於普通話的 l 聲母，其餘個別字對應普通話 n、g、k、j、sh 等聲母。

普通話 l、n、g、k、j、sh 聲母 ——→ 粵語 l 聲母

以下是上述粵普聲母對應的常見字舉例：

	普通話	粵語
來	lái	loi^4
藍	lán	lam^4

	普通話	粵語
連	lián	lin⁴
弄	nòng	lung⁶
咯	gē	log³
檻	kǎn	lam⁶
艦	jiàn	lam⁶
甩	shuǎi	led¹

由於非直接對應的僅佔少數，故此只要記着以上不同聲母對應的常見字例，基本上便可完全掌握 n 與 l 聲母的粵普對應。

■ 特殊例子 —— 以下的例子須特別注意：

n 聲母		l 聲母	
娘	nêng⁴	良	lêng⁴

從以上兩字之間關係看，「娘」字雖從「良」字得聲，然而兩者聲母卻截然不同，便是個不能像一般字可藉聲符類推聲母的特殊例子。

粵普聲母差異辨別

■ 選取以下詞語所標示的正確拼音，在答案的空位上加上 ✓ 號。

奈良　loi⁶ lêng⁴ ________　noi⁶ lêng⁴ ________　noi⁶ nêng⁴ ________

弄來　lung⁶ loi⁴ ________　nung⁶ loi⁴ ________　nung⁶ noi⁴ ________

牛奶　neo⁴ lai⁵ ________　neo⁴ nai⁵ ________　ngeo⁴ nai⁵ ________

鳥籠　liu⁵ lung⁴ ________　niu⁵ lung⁴ ________　niu⁵ nung⁴ ________

努力　lou⁵ lig⁶ ________　nou⁵ lig⁶ ________　nou⁵ nig⁶ ________

暖流　lün⁵ leo⁴ ________　nün⁵ leo⁴ ________　nün⁵ neo⁴ ________

凝鍊	ning4 nin6	________	ning4 lin6	________	ying4 lin6	________
逆旅	ni6 lêu5	________	nig6 lêu5	________	yig6 lêu5	________

K歌學粵語

聆聽錄音及跟唱以下粵語歌曲，然後在右面空格內，分別寫上歌詞內屬於聲母 n 與 l 的字。

人間路　快樂少年郎
路裏崎嶇　崎嶇不見陽光
泥塵裏　快樂有幾多方向
一絲絲夢幻般風雨　路隨人茫茫

——張國榮《倩女幽魂》

聲母 n ________
____

聲母 l ________
____

答案

聲母發音練習

舌尖鼻音聲母 n

. 細心聆聽錄音，然後寫出以下各拼音的相關詞語。

nei[4] ning[6]	泥濘	nan[4] noi[6]	難耐
nug[6] néi[4]	忸怩	nou[5] nou[6]	惱怒
nam[4] nêu[5]	男女	nung[4] nou[4]	農奴

舌尖邊音聲母 l

. 細心聆聽錄音，然後寫出以下各拼音的相關詞語。

lai[1] lung[5]	拉攏	lem[4] léi[4]	淋漓
leo[4] lin[4]	留連 / 榴槤	lin[4] log[3]	連絡
liu[6] léi[5]	料理	lou[4] lung[4]	牢籠

聲母發音對比

. 細心聆聽音檔讀音，並在下列詞語音標空位上填上正確的聲母。

納命	n ab[6] ming[6]	立命	l ab[6] ming[6]
難乾	n an[4] gon[1]	欄干	l an[4] gon[1]
你們	n éi[5] mun[4]	里門	l éi[5] mun[4]
佞人	n ing[6] yen[4]	令人	l ing[6] yen[4]
騰挪	teng[4] n o[4]	藤蘿	teng[4] l o[4]
新娘	sen[1] n êng[4]	新涼	sen[1] l êng[4]

粵普聲母差異辨別

奈良	loi^{6} lêng^{4} ____	noi^{6} lêng^{4} ✓	noi^{6} nêng^{4} ____
弄來	lung^{6} loi^{4} ✓	nung^{6} loi^{4} ____	nung^{6} noi^{4} ____
牛奶	neo^{4} lai^{5} ____	neo^{4} nai^{5} ____	ngeo^{4} nai^{5} ✓
鳥籠	liu^{5} lung^{4} ____	niu^{5} lung^{4} ✓	niu^{5} nung^{4} ____
努力	lou^{5} lig^{6} ____	nou^{5} lig^{6} ✓	nou^{5} nig^{6} ____
暖流	lün^{5} leo^{4} ____	nün^{5} leo^{4} ✓	nün^{5} neo^{4} ____
凝鍊	ning^{4} nin^{6} ____	ning^{4} lin^{6} ____	ying^{4} lin^{6} ✓
逆旅	ni^{6} lêu^{5} ____	nig^{6} lêu^{5} ____	yig^{6} lêu^{5} ✓

K♪歌學粵語

聆聽錄音及跟唱以下粵語歌曲，然後在右面空格內，分別寫上歌詞內屬於聲母 n 與 l 的字。

人間路　快樂少年郎
路裏崎嶇　崎嶇不見陽光
泥塵裏　快樂有幾多方向
一絲絲夢幻般風雨　路隨人茫茫

——張國榮《倩女幽魂》

聲母 n	年、泥
	____
聲母 l	路、郎
	裏、樂

n 聲母　　年 nin^{4}、泥 nei^{4}

l 聲母　　路 lou^{5}、郎 long^{4}、裏 lêu^{5}、樂 log^{6}

第十一課

舌根鼻音聲母 ng 與零聲母 Ø

語音特點簡介

粵語聲母 ng 屬**濁鼻音**聲母，與聲母 g 同屬**舌根音**，普通話沒有 ng 這種聲母。粵語的零聲母 Ø 與普通話一樣，都是不帶聲母的音節。粵語 ng 聲母與零聲母 Ø 大部分都對應於普通話的零聲母。

發音要點

語音學上一般會稱以韻母構成音節的字的聲母部分為**零聲母**。至於普通話所沒有的聲母 ng 則屬於**舌根鼻音**聲母。兩者的發音特點如下：

- 粵語聲母 ng 屬**濁鼻音**聲母，發音時聲帶振動之外也帶鼻音。
- 聲母 ng 屬**舌根音**，發音部位與聲母 g 和 k 相同，發音時都藉舌根接觸軟顎做成阻礙發音。不同在於聲母 ng 發聲時帶鼻音，而且聲帶也會振動。
- **香港社會**尤其年輕一輩中，往往將原屬 ng 聲母的字，如「牙 nga^4」和「牛 ngeo^4」等，講成了零聲母的「a^4」和「eo^4」。現時廣州不少年輕人講粵語也出現這情況。

香港以往教育界推行**粵語正音運動**後，這種俗稱「懶音」(包括聲母 n 與 l 的混淆) 的問題已受普遍注意。小心掌握 ng 與 Ø，及 n 與 l 兩組易混淆聲母差異，對學習粵語準確發音會有大幫助。

粵語聲母 ng 的發音

粵語聲母 ng 屬**舌根濁鼻音**聲母，發音時聲帶振動，先將舌根接觸軟顎，小舌軟顎下降阻塞氣流通路，再打開鼻腔通道，讓氣流通過振動聲帶，並經鼻腔流出聲。聲母 ng 與韻母組成音節，如「牙 nga^4」和「牛 ngeo^4」。

聲母發音練習

語舌根鼻音聲母 ng

細心聆聽以下各 ng 聲母字的發音，然後用粵語準確讀出。

牙　nga^4	我　ngo^5	捱　ngai^4
危　ngei^4	肴　ngao^4	牛　ngeo^4
岩　ngam^4	顏　ngan^4	銀　ngen^4

細心聆聽以下各 ng 聲母詞語發音，然後用粵語準確讀出。

牙齦　nga^4 ngen^4	雅樂　nga^5 ngog^6	涯岸　ngai^4 ngon^6
硬顎　ngang^6 ngog^6	兀傲　nged^6 ngou^6	危崖　ngei^4 ngai^4
齦顎　ngen^4 ngog^6	呆眼　ngoi^4 ngan^5	敖倪　ngou^4 ngei^4

細心聆聽錄音，然後寫出以下各拼音的相關詞語。

ngai^4 ngo^6 ____________　　ngam^4 ngon^6 ____________

ngei^4 ngo^4 ____________　　ngen^4 nga^4 ____________

ngeo^4 ngan^5 ____________　　ngoi^6 ngan^5 ____________

語零聲母 Ø

細心聆聽以下各零聲母字的發音，然後用粵語準確讀出。

鴉　a^1	柯　o^1	挨　ai^1
歐　eo^1	庵　em^1	哀　oi^1
罌　ang^1	鶯　eng^1	屋　ug^1

2. 細心聆聽以下各零聲母詞語發音，然後用粵語準確讀出。

矮屋 ei^{2} ug^{1}	丫頭 a^{1} teo^{4}	挨近 ai^{1} gen^{6}
押解 ad^{3} gai^{3}	遏止 ad^{3} ji^{2}	矮凳 ei^{2} deng^{3}
毆打 eo^{2} da^{2}	庵堂 em^{1} tong^{4}	惡劣 og^{3} lüd^{3}

3. 細心聆聽錄音，然後寫出以下各拼音的相關詞語。

ad^{3} lig^{6} ＿＿＿＿＿＿　　eo^{1} zeo^{1} ＿＿＿＿＿＿

eg^{1} yiu^{3} ＿＿＿＿＿＿　　oi^{1} sêng^{1} ＿＿＿＿＿＿

oi^{3} hou^{2} ＿＿＿＿＿＿　　ou^{3} mun^{2} ＿＿＿＿＿＿

聲母發音對比

舌根鼻音聲母 ng 發音時，需舌根接觸軟顎，小舌下降與打開鼻腔通道等連動作，在普遍講得較快的**香港粵語**中，不少人有意無意間將舌根鼻音 ng 聲母，成發音較簡單不帶聲母的**零聲母**。要區分兩者，可注意以下 ng 聲母與零聲母 Ø 聲調上的特點：

1. 粵語 ng 聲母一般出現於**陽聲調**內，例如音節 ngei 便僅有屬於陽聲的「ngei^{4}」「蟻 ngei^{5}」及「藝 ngei^{6}」三個聲調。
2. 粵語零聲母 Ø 一般出現於**陰聲調**內，例如音節 ai 便僅有「唉 ai^{1}」「欸 ai及「隘 ei^{3}」三個聲調。

只要掌握聲調上的這些特點，便易分辨出粵語的 ng 聲母與零聲母 Ø。

粵語 ng 聲母與零聲母對比

1. 細心聆聽以下各詞語讀音，然後用粵語依次準確讀出。小心區別聲母 ng 與 Ø 的發音，注意辨別**舌根鼻音**與**零聲母**的讀音差異。

Ø 聲母		ng 聲母	
亞當	a^{3} dong^{1}	瓦當	nga^{5} dong^{1}
大鴉	dai^{6} a^{1}	大牙	dai^{6} nga^{4}

Ø 聲母		ng 聲母	
晏晝	an^{3} zeo^{3}	眼皺	ngan^{5} zeo^{3}
矮牆	ei^{2} cêng^{4}	危牆	ngei^{4} cêng^{4}
肚屙	tou^{5} o^{1}	肚餓	tou^{5} ngo^{6}
案上	on^{3} sêng^{6}	岸上	ngon^{6} sêng^{6}

粵語「肚屙」即拉肚子。

細心聆聽音檔讀音，並在下列詞語音標空位上填上正確的聲母，如屬**零聲母**則不必填上。

南亞	nam^{4} ____ a^{3}	南雅	nam^{4} ____ a^{5}
險崖	him^{2} ____ ai^{4}	險隘	him^{2} ____ ai^{3}
握手	____ ag^{1} seo^{2}	額手	____ ag^{6} seo^{2}
銀鈎	ngen^{4} ____ eo^{1}	銀鷗	ngen^{4} ____ eo^{1}
拗口	____ ao^{3} heo^{2}	咬口	____ ao^{5} heo^{2}
樂聲	____ og^{6} sing^{1}	惡聲	____ og^{3} sing^{1}

普聲母對應

普通話沒有粵語舌根鼻音 ng 聲母。粵語 ng 聲母和零聲母 Ø 與普通話的對應況如下：

- 粵語 ng 聲母和零聲母 Ø，**絕大部分**都對應普通話的**零聲母** Ø。
- 除對應普通話**零聲母** Ø 外，其餘少部分對應普通話的 d、g、k、j、q、x、n 等聲母。

粵語聲母	普通話主要對應聲母	普通話其他對應聲母
ng	Ø	n、x、d、g、q
Ø	Ø	k、j、n

粵語舌根鼻音聲母 ng

- 粵語聲母 ng 接近九成對應普通話**零聲母** Ø，其餘個別字對應普通話的 n、x、d、g、q 等聲母。

普通話 Ø、n、x、d、g、q 聲母 ──→ 粵語 ng 聲母

以下是上述粵普聲母對應的常見字舉例：

	普通話	粵語
礙	ài	ngoi^{6}
岸	àn	ngon^{6}
外	wài	ngoi^{6}
牛	niú	ngeo^{4}
淆	xiáo	ngao^{4}
呆	dāi	ngoi^{4}
鈎	gōu	ngeo^{1}
迄	qì	nged^{6}

粵語零聲母 Ø

- 粵語零聲母 Ø 接近九成半直接對應於普通話的**零聲母** Ø，其餘個別字對普通話 k、j、n 等聲母。

普通話 Ø、k、j、n 聲母 ──→ 粵語零聲母 Ø

以下是上述粵普聲母對應的常見字舉例：

	普通話	粵語
阿	ā	a^{3}
哀	āi	oi^{1}
挨	āi	ai^{1}
愛	ài	oi^{3}
安	ān	on^{1}
柯	kē	o^{1}

	普通話	粵語
戛	jiá	ad³
拗	niù	ao³

粵普聲母差異辨別

選取以下詞語所標示的正確拼音，在答案的空位上加上 ✓ 號。

吳鈎	g⁴ geo¹	______	ng⁴ geo¹	______	ng⁴ ngeo¹	______
五嶽	m⁵ og⁶	______	ng⁵ og⁶	______	ng⁵ ngog⁶	______
額外	ag⁶ oi⁶	______	ag⁶ ngoi⁶	______	ngag⁶ ngoi⁶	______
牛軛	geo⁴ ag¹	______	ngeo⁴ ag¹	______	ngeo⁴ ngag¹	______
藕芽	eo⁵ a⁴	______	ngeo⁵ a⁴	______	ngeo⁵ nga⁴	______
鵝鴨	o⁴ ab³	______	ngo⁴ ab³	______	ngo⁴ ngab³	______
安危	on¹ ei⁴	______	on¹ ngei⁴	______	ngon¹ ngei⁴	______
屋瓦	ug¹ a⁵	______	ug¹ nga⁵	______	ngug¹ nga⁵	______

詩學粵語

聆聽錄音及學習試用粵語誦讀以下詩詞，然後在右面空格內，分別寫上詩詞內屬於粵語聲母 ng 及零聲母 Ø 的字。

秋蟬鳴樹間，玄鳥逝安適。
昔我同門友，高舉振六翮。
不念攜手好，棄我如遺跡。
南箕北有斗，牽牛不負軛。

——古詩十九首《明月皎夜光》

聲母 ng ________

零聲母 Ø ________

答案

聲母發音練習

粵語舌根鼻音聲母 ng

3. 細心聆聽錄音，然後寫出以下各拼音的相關詞語。

ngai[4] ngo[6]	挨餓	ngam[4] ngon[6]	岩岸
ngei[4] ngo[4]	巍峩	ngen[4] nga[4]	銀牙
ngeo[4] ngan[5]	牛眼	ngoi[6] ngan[5]	礙眼

粵語零聲母 Ø

3. 細心聆聽錄音，然後寫出以下各拼音的相關詞語。

ad[3] lig[6]	壓力	eo[1] zeo[1]	歐洲
eg[1] yiu[3]	扼要	oi[1] sêng[1]	哀傷
oi[3] hou[2]	愛好	ou[3] mun[2]	澳門

聲母發音對比

2. 細心聆聽音檔讀音，並在下列詞語音標空位上填上正確的聲母。

南亞	nam[4] __ a[3]	南雅	nam[4] ng a[5]
險崖	him[2] ng ai[4]	險隘	him[2] __ ai[3]
握手	__ ag[1] seo[2]	額手	ng ag[6] seo[2]
銀鈎	ngen[4] ng eo[1]	銀鷗	ngen[4] __ eo[1]
拗口	__ ao[3] heo[2]	咬口	ng ao[5] heo[2]
樂聲	ng og[6] sing[1]	惡聲	__ og[3] sing[1]

粵普聲母差異辨別

吳鈎	g⁴ geo¹		ng⁴ geo¹		ng⁴ ngeo¹	✓
五嶽	m⁵ og⁶		ng⁵ og⁶		ng⁵ ngog⁶	✓
額外	ag⁶ oi⁶		ag⁶ ngoi⁶		ngag⁶ ngoi⁶	✓
牛軛	geo⁴ ag¹		ngeo⁴ ag¹	✓	ngeo⁴ ngag¹	
藕芽	eo⁵ a⁴		ngeo⁵ a⁴		ngeo⁵ nga⁴	✓
鵝鴨	o⁴ ab³		ngo⁴ ab³	✓	ngo⁴ ngab³	
安危	on¹ ei⁴		on¹ ngei⁴	✓	ngon¹ ngei⁴	
屋瓦	ug¹ a⁵		ug¹ nga⁵	✓	ngug¹ nga⁵	

誦詩學粵語

聆聽錄音及學習試用粵語誦讀以下詩詞，然後在右面空格內，分別寫上詩詞內屬於粵語聲母 ng 及零聲母 Ø 的字。

秋蟬鳴樹間，玄鳥逝安適。
昔我同門友，高舉振六翮。
不念攜手好，棄我如遺跡。
南箕北有斗，牽牛不負軛。
——古詩十九首《明月皎夜光》

聲母 ng　我、牛
零聲母 Ø　安、軛

ng 聲母　我 ngo⁵、牛 ngeo⁴
Ø 零聲母　安 on¹、軛 ag¹

第十二課

半元音聲母 y 與 w

語音特點簡介

粵語的 y 和 w 兩個聲母，從性質上分類都屬於**半元音**，主要都對應於普通話的**零聲母**，部分對應普通話 h 和 r 等聲母。

發音要點

粵語半元音聲母 y 和 w 與韻母組合，構成音節相當於普通話的**複合韻母**，但因 y 和 w 前面不再有聲母出現，故此作聲母使用。

- 粵語 y 與 w 聲母，發聲時氣流都很弱，摩擦都很輕微，性質十分接近元音，故此稱為**半元音**。
- 從發音部位來説，聲母 y 屬**舌葉**或**舌面中**半元音，聲母 w 屬**圓唇化**的**舌根音**聲母，一般歸類為**雙唇舌根音**聲母。
- 粵語沒有類似普通話 i、u、ü 等介音，粵語聲母 y 與 w 兩個半元音，加上圓唇音 gu 和 ku 聲母，正好補充了**介音**的功能。

粵語聲母 y 的發音

粵語半元音聲母 y 屬**舌葉濁擦音**聲母，發音時舌葉靠攏硬腭部位做成隙縫，氣流振動聲帶並通過隙縫摩擦發聲。

- 半元音聲母 y 與韻母結合後組成音節，例如「衣 yi¹」和「因 yen¹」等。

粵語聲母 w 的發音

粵語聲母 w 屬**圓唇化舌根濁擦音**聲母，發音時將兩唇收攏，舌根向軟顎靠攏成隙縫，氣流振動聲帶並通過隙縫摩擦發聲。

- 半元音聲母 w 與韻母結合組成音節，例如「華 wa^{4}」和「胡 wu^{4}」等。
- 粵語 w 聲母屬**圓唇化**的舌根音聲母，語言學者往往歸入**雙唇音**之列，但在實際發音時兩唇收攏程度和 gu 及 ku 等**圓唇音**聲母較接近。

聲母發音練習

粵語半元音聲母 y

細心聆聽以下各 y 聲母字的發音，然後用粵語準確讀出。

爺　yé^{4}	衣　yi^{1}	於　yu^{1}
優　yeo^{1}	因　yen^{1}	然　yin^{4}
邀　yiu^{1}	迎　ying^{4}	一　yeg^{1}

細心聆聽以下各 y 聲母詞語發音，然後用粵語準確讀出。

廿一　ya^{6} yed^{1}	日夜　yed^{6} yé^{6}	陰陽　yem^{1} yêng^{4}
優異　yeo^{1} yi^{6}	英勇　ying^{1} yung^{5}	盈餘　ying^{4} yu^{4}
搖曳　yiu^{4} yei^{6}	粵語　yud^{6} yu^{5}	旭日　yug^{1} yed^{6}

細心聆聽錄音，然後寫出以下各拼音的相關詞語。

yé^{6} yeo^{4} ＿＿＿＿＿＿　　yeo^{1} yu^{6} ＿＿＿＿＿＿

yim^{6} yêng^{4} ＿＿＿＿＿＿　　ying^{1} yu^{5} ＿＿＿＿＿＿

ying^{3} yim^{6} ＿＿＿＿＿＿　　yu^{6} yi^{3} ＿＿＿＿＿＿

粵語半元音聲母 w

1. 細心聆聽以下各 w 聲母字的發音，然後用粵語準確讀出。

娃　wa^{1}	窩　wo^{1}	烏　wu^{1}
歪　wai^{1}	威　wei^{1}	偎　wui^{1}
雲　wen^{4}	榮　wing^{4}	黃　wong^{4}

2. 細心聆聽以下各 w 聲母詞語發音，然後用粵語準確讀出。

蛙泳　wa^{1} wing^{6}	畫畫　wag^{6} wa^{2}	壞話　wai^{6} wa^{2}
環迴　wan^{4} wui^{4}	毀壞　wei^{2} wai^{6}	違和　wei^{4} wo^{4}
宏偉　weng^{4} wei^{5}	榮獲　wing^{4} wog^{6}	換回　wun^{6} wui^{4}

3. 細心聆聽錄音，然後寫出以下各拼音的相關詞語。

wang^{4} wo^{6} ____________　　wei^{2} wed^{1} ____________

wei^{4} wu^{6} ____________　　wen^{1} wo^{4} ____________

wing^{4} wa^{4} ____________　　wong^{4} wai^{4} ____________

聲母發音對比

粵語聲母 y 與 w 都屬**半元音**，但因發音部位及方法都不同，實際上發音差較大故不易混淆。發音上容易與 y 和 w 兩聲母混淆的是以下聲母：

- **舌葉音** y 聲母 —— 與**舌葉音** z、c、s（j、q、x）等聲母發音較接近，其與同屬擦音的聲母 s (x) 最易混淆。如「蛇 sé^{4}」與「爺 yé^{4}」便是。兩分別在發音時 y 聲母會振動聲帶，z、c、s（j、q、x）等聲母則否。
- **圓唇化舌根音** w 聲母 —— 與**圓唇舌根音** gu 及 ku 聲母發音較接近。如「gua^{1}」「誇 kua^{1}」與「蛙 wa^{1}」便是。分別同樣在發音時 w 聲母會振動聲帶而 gu 及 ku 則否。

粵語 y 聲母與 s (x) 聲母對比

細心聆聽以下各詞語讀音，然後用粵語依次準確讀出。小心區別聲母 y 與 s (x) 的發音，注意辨別兩者聲帶是否振動的發音差異。

s (x) 聲母		y 聲母	
私生	xi^{1} seng^{1}	醫生	yi^{1} seng^{1}
大蛇	dai^{6} sé^{4}	大爺	dai^{6} yé^{4}
田社	tin^{4} sé^{5}	田野	tin^{4} yé^{5}
書事	xu^{1} xi^{6}	於是	yu^{1} xi^{6}
中樞	zung^{1} xu^{1}	忠於	zung^{1} yu^{1}
薯蓉	xu^{4} yung^{4}	魚蓉	yu^{4} yung^{4}

粵語 w 聲母與 gu 及 ku 聲母對比

細心聆聽以下各詞語讀音，然後用粵語依次準確讀出。小心區別聲母 w 與 gu 、 ku 發音，注意辨別聲帶是否振動的發音差異。

gu/ ku 聲母		w 聲母	
海關	hoi^{2} guan^{1}	海灣	hoi^{2} wan^{1}
坤道	kuen^{1} dou^{6}	溫度	wen^{1} dou^{6}
貴友	guei^{3} yeo^{5}	畏友	wei^{3} yeo^{5}
瓜仁	gua^{1} yen^{4}	蛙人	wa^{1} yen^{4}
青瓜	qing^{1} gua^{1}	青蛙	qing^{1} wa^{1}
夸父	kua^{1} fu^{2}	挖苦	wa^{1} fu^{2}

粵語 y 聲母與 s (x) 聲母發音辨別練習

1. 細心聆聽音檔讀音，並在下列詞語音標空位上填上正確的聲母。

試圖	____i^{3} tou^{4}	意圖	____i^{3} tou^{4}
煙花	____in^{1} fa^{1}	鮮花	____in^{1} fa^{1}
扇子	____in^{3} ji^{2}	燕子	____in^{3} ji^{2}
冶工	____é^{5} gung^{1}	社工	____é^{5} gung^{1}
暗射	em^{3} ____é^{6}	暗夜	em^{3} ____é^{6}
因人	____en^{1} yen^{4}	新人	____en^{1} yen^{4}

粵語 w 聲母與 gu 及 ku 聲母發音辨別練習

2. 細心聆聽音檔讀音，並在下列詞語音標空位上填上正確的聲母。

新畫	sen^{1} ____a^{2}	新寡	sen^{1} ____a^{2}
神鬼	sen^{4} ____ei^{2}	神位	sen^{4} ____ei^{2}
無愧	mou^{4} ____ei^{5}	無畏	mou^{4} ____ei^{5}
祥雲	cêng^{4} ____en^{4}	長裙	cêng^{4} ____en^{4}
遠運	yun^{5} ____en^{6}	遠郡	yun^{5} ____en^{6}
軍情	____en^{1} qing^{4}	温情	____en^{1} qing^{4}

粵普聲母對應

粵語**半元音** y 和 w 聲母，跟**普通話音系**中的 y 和 w 性質並不一致。粵語 y 和 w 聲母與普通話的對應情況如下：

- 粵語 y 和 w 聲母，大部分都對應於普通話的**零聲母**。
- **普通話零聲母**主要和粵語的 y、w、ng、Ø、m 這 5 個聲母對應，涉及 聲母的約佔五成半，w 聲母的約佔一成半。
- 粵語 y 和 w 聲母除對應普通話**零聲母**外，其餘對應普通話的 h、r、x、n q 等聲母，個別對應普通話的 zh、l、g、k 等聲母。

粵語聲母	普通話主要對應聲母	普通話其他對應聲母
y	Ø	r、x、n、q、zh、l
w	Ø	h、g、k、q、r

粵語半元音聲母 y

■ 粵語 y 聲母約七成半對應普通話**零聲母** Ø，約一成半對應普通話 r 聲母，其餘部分對應普通話 x、n、q 等聲母，個別字對應普通話 zh 和 l 聲母。

普通話 Ø、r、x、n、q、zh、l 聲母 ——→ 粵語 y 聲母

以下是上述粵普聲母對應的常見字舉例：

	普通話	粵語
恩	ēn	yen1
完	wán	yun4
煙	yān	yin1
人	rén	yen4
現	xiàn	yin6
廿	niàn	ya6
綺	qǐ	yi2
甄	zhēn	yen1
賃	lìn	yem6

粵語半元音聲母 w

■ 粵語聲母 w 超過五成對應普通話零聲母 Ø，多於四成半對應普通話 h 聲母，其餘個別字對應普通話 g、k、q、r 等聲母。

普通話 Ø、h、g、k、q、r 聲母 ——→ 粵語 w 聲母

以下是上述粵普聲母對應的常見字舉例：

	普通話	粵語
蛙	wā	wa^1
灣	wān	wan^1
永	yǒng	wing^5
和	hé	wo^4
鍋	guō	wo^1
喟	kuì	wei^2
屈	qū	wed^1
榮	róng	wing^4

從以上粵語 y 和 w 聲母與普通話聲母的對應關係中，可歸納出以下幾項：

1. 粵語沒有普通話的 r 聲母，普通話 r 聲母的字在粵語中多變成 y 聲母，例如：

普通話 r 聲母 ⟶ 粵語 y 聲母

	普通話		粵語
然	rán	⟶	yin^4
染	rǎn		yim^5
讓	ràng		yêng^6
繞	rào		yiu^2
惹	rě		yé^5
人	rén		yen^4

2. 普通話大量 h 聲母的字，在粵語中變成 w 聲母。尤以 u 開始的 h 聲母字，在粵語中多變成 w 聲母的字，例如：

普通話 h 聲母 + u ⟶ 粵語 w 聲母

	普通話	粵語
湖	hú	wu^{4}
華	huá	wa^{4}
懷	huái	wai^{4}
環	huán	wan^{4}
黃	huáng	wong^{4}
回	huí	wui^{4}

明白上述對應規律，便能掌握普通話聲母與粵語 y 和 w 聲母的對應關係。

粵普聲母差異辨別

選取以下詞語所標示的正確拼音，在答案的空位上加上 ✓ 號。

完人	wun^{4} ren^{4} ________	yun^{4} ren^{4} ________	yun^{4} yen^{4} ________
讓賢	yêng^{6} yin^{4} ________	yêng^{6} xin^{4} ________	rêng^{6} xin^{4} ________
惹禍	ré^{5} ho^{6} ________	yé^{5} ho^{6} ________	yé^{5} wo^{6} ________
恩惠	en^{1} hui^{6} ________	yen^{1} hei^{6} ________	yen^{1} wei^{6} ________
榮休	rong^{4} xeo^{1} ________	wing^{4} xeo^{1} ________	wing^{4} yeo^{1} ________
永遠	yong^{5} yun^{5} ________	ying^{5} yun^{5} ________	wing^{5} yun^{5} ________
互認	hu^{6} ring^{6} ________	hu^{6} ying^{6} ________	wu^{6} ying^{6} ________
融和	yung^{4} yo^{4} ________	yung^{4} wo^{4} ________	rong^{4} ho^{4} ________

誦詩學粵語

■ 聆聽錄音及學習試用粵語吟誦以下詩詞，然後在右面空格內，分別寫上詩詞內屬於粵語 y 及 w 聲母的字。

明月出天山，蒼茫雲海間。
長風幾萬里，吹度玉門關。
漢下白登道，胡窺青海灣。
由來征戰地，不見有人還。

—— 李白《關山月》

聲母 y ________
____

聲母 w ________
____

答案

聲母發音練習

粵語半元音聲母 y

3. 細心聆聽錄音，然後寫出以下各拼音的相關詞語。

yé6 yeo4	夜遊	yeo1 yu6	優裕
yim6 yêng4	豔陽	ying1 yu5	英語
ying3 yim6	應驗	yu6 yi3	寓意

粵語半元音聲母 w

3. 細心聆聽錄音，然後寫出以下各拼音的相關詞語。

wang4 wo6	橫禍	wei2 wed1	委屈
wei4 wu6	維護	wen1 wo4	温和
wing4 wa4	榮華	wong4 wai4	黃槐

聲母發音對比

粵語 y 聲母與 s (x) 聲母發音辨別練習

細心聆聽音檔讀音，並在下列詞語音標空位上填上正確的聲母。

試圖	x i3 tou4	意圖	y i3 tou4
煙花	y in1 fa1	鮮花	x in1 fa1
扇子	x in3 ji2	燕子	y in3 ji2
冶工	y é5 gung1	社工	s é5 gung1
暗射	em3 s é6	暗夜	em3 y é6
因人	y en1 yen4	新人	s en1 yen4

粵語 w 聲母與 gu 及 ku 聲母發音辨別練習

2.　細心聆聽音檔讀音，並在下列詞語音標空位上填上正確的聲母。

新畫	sen^{1} __w__ a^{2}	新寡	sen^{1} __gu__ a^{2}
神鬼	sen^{4} __gu__ ei^{2}	神位	sen^{4} __w__ ei^{2}
無愧	mou^{4} __ku__ ei^{5}	無畏	mou^{4} __w__ ei^{5}
祥雲	cêng^{4} __w__ en^{4}	長裙	cêng^{4} __ku__ en^{4}
遠運	yun^{5} __w__ en^{6}	遠郡	yun^{5} __gu__ en^{6}
軍情	__gu__ en^{1} qing^{4}	温情	__w__ en^{1} qing^{4}

粵普聲母差異辨別

完人	wun^{4} ren^{4}		yun^{4} ren^{4}		yun^{4} yen^{4}	✓
讓賢	yêng^{6} yin^{4}	✓	yêng^{6} xin^{4}		rêng^{6} xin^{4}	
惹禍	ré^{5} ho^{6}		yé^{5} ho^{6}		yé^{5} wo^{6}	✓
恩惠	en^{1} hui^{6}		yen^{1} hei^{6}		yen^{1} wei^{6}	✓
榮休	rong^{4} xeo^{1}		wing^{4} xeo^{1}		wing^{4} yeo^{1}	✓
永遠	yong^{5} yun^{5}		ying^{5} yun^{5}		wing^{5} yun^{5}	✓
互認	hu^{6} ring^{6}		hu^{6} ying^{6}		wu^{6} ying^{6}	✓
融和	yung^{4} yo^{4}		yung^{4} wo^{4}	✓	rong^{4} ho^{4}	

誦詩學粵語

- 聆聽錄音及學習試用粵語吟誦以下詩詞，然後在右面空格內，分別寫上詩詞內屬於粵語 y 及 w 聲母的字。

明月出天山，蒼茫雲海間。
長風幾萬里，吹度玉門關。
漢下白登道，胡窺青海灣。
由來征戰地，不見有人還。

——李白《關山月》

聲母 y	月、玉
	由、有
聲母 w	雲、胡
	灣、還

y 聲母　　月 yud^6、玉 yug^6、由 yeo^4、有 yeo^5

w 聲母　　雲 wen^4、胡 wu^4、灣 wan^1、還 wan^4

第四章　韻母篇

第十三課

單純韻母 a、é、i、o、u、ê、ü

語音特點簡介

單純韻母指由單個元音組成的韻母，又稱單**元音韻母**。粵語 8 個主要元音除外[1]，其餘 a、é、i、o、u、ê、ü 等 7 個，都可由單個元音組成韻母，從韻母角度來說這 7 個便是**單純韻母**。[2] 除 ê 韻母之外，粵語單純韻母都與普通話 a、e、i、o、u、ü 韻母相對應，發音也相同或相似。

發音要點

- 粵語各**單純韻母**都由 a、é、i、o、u、ê、ü 等元音構成。**元音**是在發音過程中氣流不受阻而通過口腔或鼻腔時所發出的聲音。
- 各**單純韻母**內**元音**的發音特點，和發音時**舌頭位置**的前後與高低，**口腔開合**的大小，及**嘴唇形狀**的圓斂或平展密切相關。粵語單純韻母內元音的發音特點可從**粵語元音舌位圖**中顯示。[3]

1 元音 e 僅出現於與其他元音組成的複合韻母內，詳情見**第十四課複合韻母**內說明。

2 有學者將 m 和 ng 兩鼻音韻母列入單純韻母，本書將這兩韻母放在鼻音韻母內另作介紹，詳見第十五課內的有關說明。

3 元音發音與舌位關係，詳見**第一課粵語語音系統**內**韻母概說**的元音舌位圖說明。

粵語元音舌位圖

舌頭前後 / 舌頭高低	前	中	後	舌頭前後 / 口腔開合
高	i ü		u	合　口
半高				半合口
半低	é ê	e	o	半開口
低		a		開　口
嘴唇圓展	不圓唇	圓唇	不圓唇	圓唇

粵語單純韻母 a、é、i、o、u、ê、ü 的發音

粵語韻母 a 的發音

粵語韻母 a 屬**開口度較大**，**低舌位**又**不圓唇**的單元音[4]，是個發音時間較長的**長元音**。

- 韻母 a 發音時嘴巴張開幅度較大，雙唇向兩邊開展，舌頭在稍前而近中間處，盡量放平貼近最低位置。粵語韻母 a 發音與普通話大致相同。
- 韻母 a 可單獨作韻母形成音節，如「丫 a¹」「啞 a²」等；也可以和韻尾 -i、-m、-n、-ng、-b、-d、-g 等結合，組成如 ai、am、an、ang、ab、ad、ag 等複合韻母。

韻母發音練習

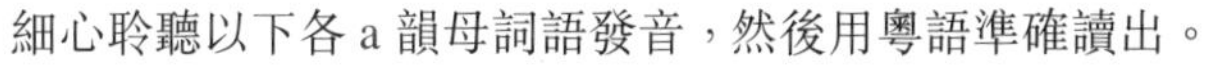

細心聆聽以下各 a 韻母詞語發音，然後用粵語準確讀出。

啞巴　a² ba¹	打假　da² ga²	垮下　kua¹ ha⁶
椏杈　a¹ ca¹	花架　fa¹ ga²	喇叭　la³ ba¹
爸媽　ba¹ ma¹	加價　ga¹ ga³	馬褂　ma⁵ gua²

因粵語韻母 a 舌位在靠前稍偏中間位置，舌位圖中標示故稍偏向右，並不在圓唇音之列。

粵語韻母 é 的發音

粵語韻母 é 屬於**不圓唇**，**半低舌位**及**半開口**單元音，也是個發音時間較長的長元音。

- 韻母 é 發音時口腔半張開，舌頭位於半低，比韻母 a 較前及稍高，嘴巴張開較小，嘴唇開展幅度也較小。
- 韻母 é 可單獨作韻母，但形成音節的字較少，如「誒 é⁶」便是少數中的例子。又 é 僅與 -i 、 -ng 、 -g 等韻尾組成 éi 、 éng 及 ég 等複合韻母。
- 粵語韻母 é 與韻尾 -i 組成 éi 時，會變成**短元音**，發音特點詳見下一課說明

韻母發音練習

- 細心聆聽以下各 é 韻母詞語發音，然後用粵語準確讀出。

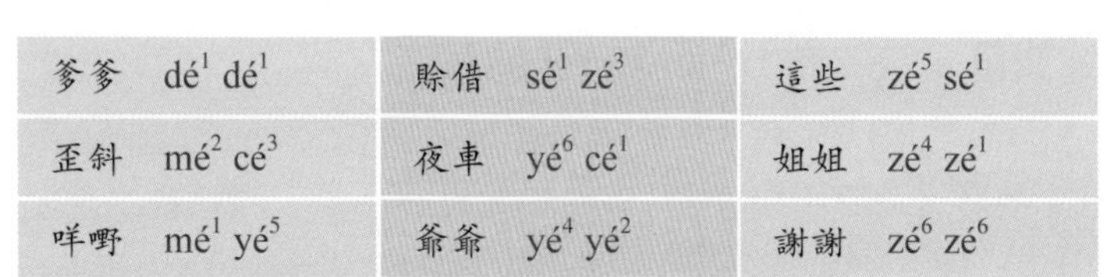

爹爹　dé¹ dé¹	賒借　sé¹ zé³	這些　zé⁵ sé¹
歪斜　mé² cé³	夜車　yé⁶ cé¹	姐姐　zé⁴ zé¹
咩嘢　mé¹ yé⁵	爺爺　yé⁴ yé²	謝謝　zé⁶ zé⁶

粵語「咩嘢」即甚麼東西。

粵語韻母 i 的發音

粵語韻母 i 屬**不圓唇**的**長元音**，舌頭位於**最前**及**最高處**，**口腔張開程度**屬**最小**的一個韻母。

- 韻母 i 發音時雙唇向兩邊開展，嘴巴張開程度較小，舌頭在最高處，舌面接近硬顎並伸到最前端。粵語韻母 i 發音時，舌位與普通話 i 韻母相同。
- 韻母 i 可單獨作韻母形成音節，如「衣 yi¹」「意 yi³」等[5]；並和其他元音結合組成如 ai 、 éi 、 oi 、 ui 等複合韻母。
- 粵語韻母 i 組成複合韻母 ig 和 ing 時會變成**短元音**，詳見第十六及第十八課內有關說明。

5　廣州話拼音方案規定韻母 i 前若無聲母，則會加上 y 在前面。

韻母發音練習

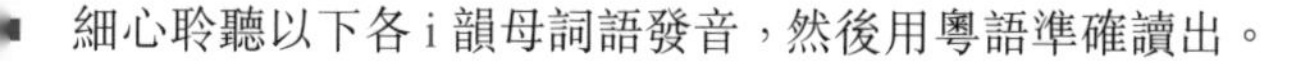

■ 細心聆聽以下各 i 韻母詞語發音，然後用粵語準確讀出。

知恥　ji^1 qi^2	史詩　xi^2 xi^1	意志　yi^3 ji^3
支持　ji^1 qi^4	醫治　yi^1 ji^6	兒子　yi^4 ji^2
指使　ji^2 xi^2	伊始　yi^1 qi^2	異議　yi^6 yi^5

粵語韻母 o 的發音

粵語韻母 o 是**圓唇**的**長元音**，口腔張開程度屬**半開口**，舌頭位於**後面**及**半低**位置。

- 韻母 o 發音時雙唇向中央合攏，嘴巴張開程度較小，舌頭位置在最後處，高度與韻母 é 相若，都屬半低舌位韻母。
- 韻母 o 可單獨作韻母形成音節，如「柯 o^1」「哦 o^2」等；並和其他元音結合，組成 ao、eo、oi、ou、on、ong、od、og 等多個複合韻母。
- 粵語 o 韻母發音時，開口度較普通話 o 韻母大，舌頭位置也較低。
- 普通話沒有像粵語 o 與 i 韻母所組成的 oi 複合韻母。

韻母發音練習

■ 細心聆聽以下各 o 韻母詞語發音，然後用粵語準確讀出。

初哥　co^1 go^1	楚歌　co^2 go^1	婆娑　po^4 so^1
嵯峨　co^1 ngo^4	多錯　do^1 zo^2	拖貨　to^1 fo^3
蹉跎　co^1 to^4	過火　guo^3 fo^2	坐臥　zo^6 ngo^6

粵語韻母 u 的發音

粵語韻母 u 是**圓唇**的**長元音**，發音時口腔張開**程度最小**，舌頭在**最高**及**最後**位置。

- 韻母 u 發音時雙唇向中央撮合，嘴巴接近合攏，舌頭位於最後處，高度與 i 接近，舌位都靠近硬顎。

- 粵語韻母 u 可單獨作韻母形成音節，如「烏 wu^1」「互 wu^6」等[6]；也和其他元音結合組成 iu、ui、un、ung、ud、ug 等複合韻母。
- 粵語韻母 u 發音與普通話的 u 韻母大致相同，但複韻母 ung 則和普通話的 ung 韻母發音有明顯分別，詳見第十五課內有關説明。

韻母發音練習

- 細心聆聽以下各 u 韻母詞語發音，然後用粵語準確讀出。

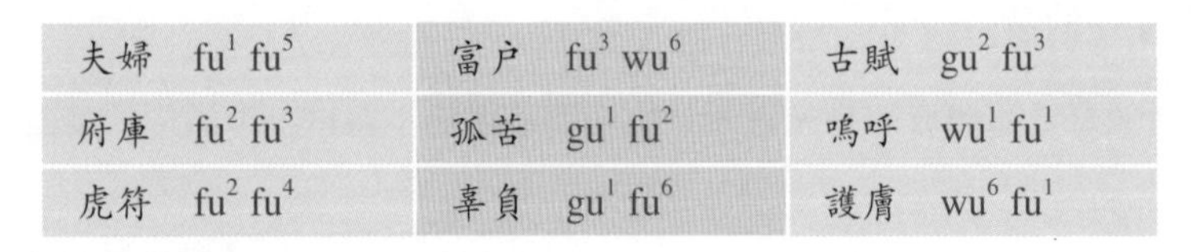

夫婦　fu^1 fu^5	富户　fu^3 wu^6	古賦　gu^2 fu^3
府庫　fu^2 fu^3	孤苦　gu^1 fu^2	嗚呼　wu^1 fu^1
虎符　fu^2 fu^4	辜負　gu^1 fu^6	護膚　wu^6 fu^1

粵語韻母 ê 的發音

粵語韻母 ê 同樣是**圓唇**的**長元音**。發音時口腔張開程度屬**半開口**，舌頭處於**前端**的**半低**位置。

- 韻母 ê 發音時嘴巴半張開，雙唇撮合成圓形，舌頭在前面，高度在半低位置。
- 粵語韻母 ê 的字特少，**須與聲母結合**才構成如「靴 hê^1」或「鋸 gê^3」等音節，與其他元音結合組成 êu、ên、êng、êd、êg 等複合韻母[7]。
- **普通話**沒有粵語 ê 這元音（與普通話的 ê 不同），粵語 ê 韻母發音是普通話所無的。初學者對 ê 韻母及一系列複合韻母發音會感到困難，可參考第二十課的專論。

韻母發音練習

- 細心聆聽以下各 ê 韻母單字的發音，然後用粵語準確讀出。

朵　dê^2	靴　hê^1	瘸　kê^4
鋸　gê^3	瘸　kê^4	唾　tê^3

粵語韻母 ê 組成的字不多，也多屬口語讀音，故以上僅舉字例。

6　廣州話拼音方案規定韻母 u 前若無聲母，則會加上 w 在前面。

7　廣州話拼音方案規定，當 ü 與 ê 組成韻母時，ü 頭上兩點省去寫成 u。

粵語韻母 ü 的發音

粵語韻母 ü 屬於**圓唇**的**長元音**，舌頭位置在**最高**及最**前端處**，口腔張開程度卻**最小**。

- 粵語韻母 ü 發音時雙唇合攏成圓形，嘴巴開口度極小，舌頭位於最高處，舌面貼近硬顎並伸到最前端。
- 粵語韻母 ü 可單獨作韻母形成音節，如「於 yu^1」「魚 yu^4」等[8]；也和其他元音結合組成 êu 、 ün 、 üd 等複合韻母。

韻母發音練習

1. 細心聆聽以下各 ü 韻母詞語發音，然後用粵語準確讀出。

蛀柱　ju^3 qu^5	豎儒　xu^6 yu^4	裕如　yu^6 yu^4
住處　ju^6 qu^3	榆樹　yu^4 xu^6	遇雨　yu^6 yu^5
廚餘　qu^4 yu^4	乳豬　yu^5 ju^1	著書　ju^3 xu^1

廣州話拼音方案規定 ü 韻母與 j 、 q 、 x 聲母相拼時，頭上兩點省去寫成 u 。

韻母辨析練習

1. 細心聆聽音檔讀音，並在下列標示拼音空位處填上正確的韻母。

枝椏	j____^{1} ____^{1}	馬靴	m____^{5} h____^{1}
煮蝦	j____^{2} h____^{1}	卸貨	s____^{3} f____^{3}
注意	j____^{3} y____^{3}	唾罵	t____^{3} m____^{6}
火花	f____^{2} f____^{1}	詩社	x____^{1} s____^{5}
咖啡	g____^{3} f____^{1}	書架	x____^{1} g____^{2}
鋸樹	g____^{3} x____^{6}	漁夫	y____^{4} f____^{1}

[8] 廣州話拼音方案規定，當 ü 行韻母前面沒有聲母時，寫成 yu 、 yun 、 yud ， ü 頭上兩點省去寫成 u 。

2. 細心聆聽音檔讀音，並在下列空位寫上各詞語聲韻及調等拼音。

1. 阿 爺 愛 書 畫

____________ oi³ ____________

2. 婆 婆 坐 梳 化

____________ co⁵ ____________

3. 爸 爸 最 顧 家

____________ zêu³ ____________

4. 媽 媽 煮 苦 瓜

____________ ju² ____________

5. 哥 哥 睇 股 價

____________ tei² ____________

6. 家 姐 做 護 士

____________ zou⁶ ____________

7. 鋸 樹 着 雨 靴

____________ zêg³ ____________

8. 衣 車 換 摩 打

____________ wun⁶ ____________

粵語「梳化」即沙發。「摩打」即馬達。

粵普韻母對應

粵語各單純韻母一般都與普通話對應，如粵語「巴 ba^{1}」普通話便唸作「bā」。因粵語韻母沒有 i、u、ü 等**介音**，故此有時對應於**普通話有介音**的韻母，如「家 ga^{1}」普通話便唸「jiā」。

粵普單純韻母大多對應緊密，個別情況才出現差異。以下是幾種較常見出現對應差異的情況：

1. 有些普通話讀作 er 韻母的字，粵語屬於 i 韻母的字。

普通話 er 韻母 ——→ 粵語 i 韻母

以下是一些普通話屬 er 韻母，而粵語則屬 i 韻母的常見字：

	普通話	粵語
兒	ér	yi^{4}
而	ér	yi^{4}
耳	ěr	yi^{5}
爾	ěr	yi^{5}
二	èr	yi^{6}
貳	èr	yi^{6}

2. 有些普通話讀屬 e 韻母的字，粵語屬 o 韻母的字。

普通話 e 韻母 ——→ 粵語 o 韻母

以下是一些普通話屬 e 韻母，而粵語則屬 o 韻母的常見字：

	普通話	粵語
鵝	é	ngo^{2}
哥	gē	go^{1}
個	gè	go^{3}
何	hé	ho^{4}

	普通話	粵語
科	kē	fo1
課	kè	fo3

3. 有些普通話讀屬 u 韻母的字，粵語屬 o 韻母的字。

普通話 u 韻母 ——→ 粵語 o 韻母

以下是一些普通話屬 u 韻母，而粵語則屬 o 韻母的常見字：

	普通話	粵語
初	chū	co1
雛	chú	co1
礎	chǔ	co2
梳	shū	so1
阻	zǔ	zo6
助	zhù	zo2

4. 有些普通話讀屬 u 韻母的字，粵語屬 ü 韻母的字。

普通話 u 韻母 ——→ 粵語 ü 韻母

以下是一些普通話屬 u 韻母，而粵語則屬 ü 韻母的常見字：

	普通話	粵語
處	chù	qu3
如	rú	yu4
書	shū	xu1
樹	shù	xu6
珠	zhū	ju1
主	zhǔ	ju2

粵普韻母差異辨別

選取以下詞語所標示的正確拼音，在答案的空位上加上 ✓ 號。

楚河	cu² he⁴	________	cu² ho⁴	________	co² ho⁴	________
鋤禾	cu⁴ we⁴	________	cu⁴ wo⁴	________	co⁴ wo⁴	________
火鍋	huo² wuo¹	________	fuo² wo¹	________	fo² wo¹	________
誅鋤	zhu¹ chu⁴	________	ju¹ co⁴	________	jo¹ co⁴	________
煮鵝	ju² nge²	________	ju² ngo²	________	ju² ngu²	________
注疏	ju³ su³	________	ju³ so³	________	jo³ so³	________
蔬果	su¹ guo²	________	shu¹ guo²	________	so¹ guo²	________
書寫	shu¹ sié²	________	xu¹ sié²	________	xu¹ sé²	________

詞學粵語

聆聽錄音及學習試用粵語吟誦以下宋詞，然後在右面空格內，分別寫上詩詞內屬於粵語 a、é、i、o、u、ê、ü 等單元音韻母的字。

曉妝初過，沉檀輕注些兒個。向人微露丁香顆，一曲清歌，暫引櫻桃破。

羅袖裛殘殷色可，杯深旋被香醪污。繡牀斜憑嬌無那，爛嚼紅茸，笑向檀郎唾。

——李煜《一斛珠》

韻母 a______　韻母 u______
韻母 é______　韻母 ê______
韻母 i______　韻母 ü______
韻母 o____________

「污」一作「涴」。又因配合練習，此處「那」及「唾」改用粵語口語讀出，而不依一般詩詞書面語讀法。

答 案

韻母辨析練習

1. 細心聆聽音檔讀音，並在下列標示拼音空位處填上正確的韻母。

枝椏	ji^{1} a^{1}	馬靴	ma^{5} hê^{1}
煮蝦	ju^{2} ha^{1}	卸貨	sé^{3} fo^{3}
注意	ju^{3} yi^{3}	唾罵	tê^{3} ma^{6}
火花	fo^{2} fa^{1}	詩社	xi^{1} sé^{5}
咖啡	ga^{3} fé^{1}	書架	xu^{1} ga^{2}
鋸樹	gê^{3} xu^{6}	漁夫	yu^{4} fu^{1}

2. 細心聆聽音檔讀音，並在下列空位寫上各詞語聲母和韻母的拼音。

1. 阿　爺　愛　書　畫
   a^{3} yé^{4} oi^{3} xu^{1} wa^{2}
2. 婆　婆　坐　梳　化
   po^{4} po^{1} co^{5} so^{1} fa^{2}
3. 爸　爸　最　顧　家
   ba^{4} ba^{1} zêu^{3} gu^{3} ga^{1}
4. 媽　媽　煮　苦　瓜
   ma^{4} ma^{1} ju^{2} fu^{2} gua^{1}
5. 哥　哥　睇　股　價
   go^{4} go^{1} tei^{2} gu^{2} ga^{3}
6. 家　姐　做　護　士
   ga^{1} zé^{1} zou^{6} wu^{6} xi^{6}
7. 鋸　樹　着　雨　靴
   gê^{3} xu^{6} zêg^{3} yu^{5} hê^{1}
8. 衣　車　換　摩　打
   yi^{1} cé^{1} wun^{6} mo^{1} da^{2}

粵普韻母差異辨別

選取以下詞語所標示的正確拼音，在答案的空位上加上 ✓ 號。

楚河	cu^2 he^4		cu^2 ho^4		co^2 ho^4	✓
鋤禾	cu^4 we^4		cu^4 wo^4		co^4 wo^4	✓
火鍋	huo^2 wuo^1		fuo^2 wo^1		fo^2 wo^1	✓
誅鋤	zhu^1 chu^4		ju^1 co^4	✓	jo^1 co^4	
煮鵝	ju^2 nge^2		ju^2 ngo^2	✓	ju^2 ngu^2	
注疏	ju^3 su^3		ju^3 so^3	✓	jo^3 so^3	
蔬果	su^1 guo^2		shu^1 guo^2		so^1 guo^2	✓
書寫	shu^1 sié^2		xu^1 sié^2		xu^1 sé^2	✓

詞學粵語

聆聽錄音及學習試用粵語吟誦以下宋詞，然後在右面空格內，分別寫上詩詞內屬於粵語 a、é、i、o、u、ê、ü 等單元音韻母的字。

曉妝初過，沉檀輕注些兒個。向人微露丁香顆，一曲清歌，暫引櫻桃破。

羅袖裛殘殷色可，杯深旋被香醪污。繡牀斜憑嬌無那，爛嚼紅茸，笑向檀郎唾。

——李煜《一斛珠》

韻母 a	那	韻母 u	污
韻母 é	些、斜	韻母 ê	唾
韻母 i	兒	韻母 ü	注
韻母 o	初、過、個、顆 歌、破、羅、可		

a 韻母　那 na^5

é 韻母　些 sé^1、斜 cé^4

i 韻母　兒 yi^4

o 韻母　初 co^1、過 guo^3、個 go^3、顆 fo^2、歌 go^1、破 po^3、羅 lo^4、可 ho^2

u 韻母　污 wu^3

ê 韻母　唾 tê^3

ü 韻母　注 ju^3

第十四課 複合韻母 ai、ei、éi、oi、ui、ao、eo、iu、ou、êu

語音特點簡介

複合韻母指由多個元音組成的韻母，又稱**複元音韻母**。粵語除有 ai、ei、éi、oi、ui、ao、eo、iu、ou、êu 等 10 個**複元音韻母**外，還有以 -m、-n、-作韻尾的 17 個帶**鼻音韻母**，和 17 個以 -b、-d、-g 等**塞音**作韻尾的複合韻母。部分先說明以**韻尾** -i、-u、-ü 構成韻母的 10 個粵語複合韻母。

發音要點

粵語複合韻母由**主要元音**組成，除上課提到 a、é、i、o、u、ê、ü 等 7 元音之外，還有僅見於複合韻母的 e 元音。組成複合韻母後的發音要點如下：

- 粵語韻母沒有 i-、u-、ü- 等**介音**，所以複合韻母的組成較簡單，沒有普話開、齊、合、撮四呼的區分，僅分為**韻腹**及**韻尾**。
- 有些元音組成複合韻母後，發音會變得和本來的不一致，如元音 o 和 a 合成複合韻母 ao 後，元音 o 便變成了接近 u 的發音。
- 發複合韻母時**舌頭**、**嘴唇**和**口腔**有連串動作，過程中不能有任何停頓，要使兩個元音合成為完整**韻母**，與**聲母**組成一個音節。

粵語韻母 ai、ei、éi、oi、ui 的發音

粵語複合韻母 ai、ei、éi、oi、ui 都屬收 -i 韻尾的複合韻母。這 5 個複合韻分成**不圓唇**的 ai、ei、éi，和**圓唇**的 oi、ui 兩類。以下是這 5 個複合韻母的發音要點

語韻母 ai 的發音

發音時先從第一個元音 a 開始，**舌頭**在最低位置，**口腔**張到最大，**嘴唇**平展。向第二個元音 i 時，舌頭迅速升起並前伸，口腔稍合攏，嘴唇保持開展。

- 留意發音時從元音 a 滑向 i 的過渡時間極短，元音 a 佔時間較長，元音 i 佔時間較短。韻母 ai 可以獨立形成音節，如「挨 ai1」「欸 ai2」等。

母發音練習

細心聆聽以下各 ai 韻母詞語發音，然後用粵語準確讀出。

差派　cai1 pai3	鞋帶　hai4 dai2	奶奶　nai4 nai2
踩界　cai2 gai3	買呔　mai5 tai1	太快　tai3 fai3
大街　dai6 gai1	賣柴　mai6 cai4	齋戒　zai1 gai3

語韻母 ei 的發音

發音時**舌頭**在中央較低位置，舌位比 a 稍高，**嘴唇**最大開展，**口腔**張開程度比小。發音滑向元音 i 時，舌頭從中央低處升起並前伸。韻母 ei 可獨立形成音節，「矮 ei2」「翳 ei3」等。

- 韻母中的元音 e 僅見於複合韻母，粵語系統特點是**主要元音**有**長短對立**，元音 e 是相對於 a 的**短元音**，國際音標以 [ɐ] 表示。
- e 是個十分短的元音，組成複合韻母 ei 時，元音 i 相對會變得較長。

母發音練習

細心聆聽以下各 ei 韻母詞語發音，然後用粵語準確讀出。

矮仔　ei2 zei2	低位　dei1 wei2	弟弟　dei4 dei6
詆毀　dei2 wei2	抵制　dei2 zei3	雞啼　gei1 tei4
洗米　sei2 mei5	威勢　wei1 sei3	維繫　wei4 hei6

粵語「矮仔」即個子矮的人。

粵語韻母 éi 的發音

發音時先將**舌頭**放在半低位，較元音 e 略高及稍前，**口腔**半合口張開，**嘴唇**兩邊展開。滑向元音 i 時舌頭從前端上升並稍前伸。韻母 éi 多加上聲母後才形成音節，如「比 béi^{2}」「非 féi^{1}」等。

- 元音 é 與 i 組合成 éi 時，é 變成**短元音**，**舌位**會變得較高及較前，**口腔**張開程度也較小，相當於國際音標 [e] 的發音。
- 因組成韻母 éi 時元音 é 變成短元音，故此發音時 i 元音相對變得較長。

韻母發音練習

- 細心聆聽以下各 éi 韻母詞語發音，然後用粵語準確讀出。

地基　déi^{6} géi^{1}	飛機　féi^{1} géi^{1}	記起　géi^{3} héi^{2}
嬉戲　héi^{1} héi^{3}	氣味　héi^{3} méi^{6}	奇技　kéi^{4} géi^{6}
騏驥　kéi^{4} kéi^{3}	疲憊　péi^{4} béi^{6}	你哋　néi^{5} déi^{6}

粵語「你哋」即你們。

粵語韻母 oi 的發音

先從元音 o 開始發音，**舌頭**處於半低位置並靠後，**口腔**半張開，**嘴唇**合攏。滑向第二個元音 i 時舌頭快速升起並前伸，口腔隨即收小。

- 普通話沒有 oi 這韻母，粵語 oi 韻母的字，在普通話中一般都唸成 ai 韻母
- 韻母 oi 可以獨立形成音節，如「哀 oi^{1}」「愛 oi^{3}」等。

韻母發音練習

- 細心聆聽以下各 oi 韻母詞語發音，然後用粵語準確讀出。

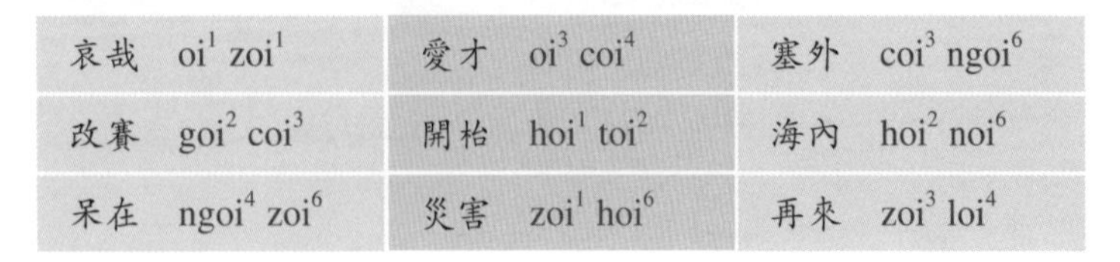

哀哉　oi^{1} zoi^{1}	愛才　oi^{3} coi^{4}	塞外　coi^{3} ngoi^{6}
改賽　goi^{2} coi^{3}	開枱　hoi^{1} toi^{2}	海內　hoi^{2} noi^{6}
呆在　ngoi^{4} zoi^{6}	災害　zoi^{1} hoi^{6}	再來　zoi^{3} loi^{4}

粵語「開枱」即擺桌子，一般是準備吃飯或打麻將的意思。

語韻母 ui 的發音

發音時先從元音 u 開始，**舌頭**處於最高和最後的位置，**口腔**張開幅度較小，**嘴**
向中央撮起，滑向第二個元音 i 時舌頭同時稍往前靠。

- 普通話同樣沒有 ui 這個複合韻母。普通話中所見的 ui 韻母，其實是加上聲母時複合韻母 uei 的省略，兩者發音不同。
- 韻母 ui 要加上聲母後才能形成音節，如「杯 bui^{1}」「佩 pui^{3}」等。

母發音練習

細心聆聽以下各 ui 韻母詞語發音，然後用粵語準確讀出。

背回　bui^{3} wui^{4}	晦昧　fui^{3} mui^{6}	煤灰　mui^{4} fui^{1}
妹妹　mui^{4} mui^{2}	每杯　mui^{5} bui^{1}	徘徊　pui^{4} wui^{4}

語韻母 ao、eo、iu、ou 的發音

當元音 o 分別和 a 及 e 結合，成為 ao 和 eo 兩韻母時，**舌位**都會提高到 u 的位
，令 ao 和 eo 實際發音時**音值**變成 au 和 eu，所以在這與收 -u 韻尾的 iu 和 ou 韻
一併説明。

語韻母 ao 的發音

發音時從元音 a 開始，**舌頭**平躺最低及稍前位置，**嘴唇**平展，**口腔**張到最大。
向第二個元音時，**舌頭**向後並升到最高，**口腔**張開度收小，**嘴唇**從開展變成向中
合攏。韻母 ao 可以獨立形成音節，如「拗 ao^{2}」「坳 ao^{3}」等。

- 留意元音 a 和 o 結合為 ao 韻母時，實際**音值**會變成 au，故此收音時舌頭應提到最高，嘴巴也收得較小。
- 發音時元音 a 所佔時間較長，元音 u 所佔時間較短。

韻母發音練習

■ 細心聆聽以下各 ao 韻母詞語發音，然後用粵語準確讀出。

包抄　bao^{1} cao^{1}	吵鬧　cao^{2} nao^{6}	郊校　gao^{1} hao^{6}
膠罩　gao^{1} zao^{3}	校考　gao^{3} hao^{2}	貓爪　mao^{1} zao^{2}
拋錨　pao^{1} nao^{4}	豹巢　pao^{3} cao^{4}	咆哮　pao^{4} hao^{1}

粵語韻母 eo 的發音

發音時先從元音 e 開始，**舌頭**處於中間及半低，**嘴唇**平展，**口腔**較大地張開
滑向第二個元音 o 時，**舌頭**快速升起到元音 u 的位置，同時**口腔**收小，**嘴唇**向中
撮合。韻母 eo 同樣可以獨立形成音節，如「甌 eo^{1}」「毆 eo^{2}」等。

- 元音 o 和 e 結合為複合韻母 eo 時，實際**音值**會變成 eu，所以收音時舌
會提到最高，口腔也收得較小。
- e 屬短元音，組合成韻母時所佔時間極短，元音 u 所佔時間相對較長。

韻母發音練習

■ 細心聆聽以下各 eo 韻母詞語發音，然後用粵語準確讀出。

歐洲　eo^{1} zeo^{1}	秋遊　ceo^{1} yeo^{4}	鬥牛　deo^{3} ngeo^{4}
蜉蝣　feo^{4} yeo^{4}	九流　geo^{2} leo^{4}	琉球　leo^{4} keo^{4}
留守　leo^{4} seo^{2}	優厚　yeo^{1} heo^{5}	袖手　zeo^{6} seo^{2}

粵語韻母 iu 的發音

發音時從元音 i 開始，**舌頭**在近硬顎最高及最前位置，**嘴唇**兩邊開展，**口腔**
開較小。滑向第二個元音 u 時，**舌頭**由前端往後靠，**嘴唇**向中間撮起。

- 韻母 iu 僅會與聲母結合形成音節，如「錶 biu^{1}」「橋 kiu^{4}」等。
- 普通話沒有 iu 這韻母。普通話中所見的 iu 韻母，其實是複合韻母 iou 加
聲母時的省略，兩者發音也不同。

韻母發音練習

細心聆聽以下各 iu 韻母詞語發音，然後用粵語準確讀出。

嬌俏　giu^1 qiu^3	叫囂　giu^3 hiu^1	招標 jiu^1 biu^1
巧妙　kiu^2 miu^6	繚繞　liu^4 yiu^2	窈窕 miu^5 tiu^5
飄搖　piu^1 yiu^4	蕭條　xiu^1 tiu^4	小鳥 xiu^2 niu^5

粵語「巧妙」的「巧」字，一般口語讀作「kiu^2」。

粵語韻母 ou 的發音

發音從元音 o 開始，**嘴唇**撮起成圓形，**口腔**半合攏，**舌頭**靠後及處於**半高**位置。滑向第二個元音 u 時，**舌頭**快速上升到最高位置，嘴唇保持圓唇撮起狀態，同時將**口腔**收小。

- 元音 o 和 u 結合為複合韻母 ou 時，元音 o 的**舌位**會變得提高。
- 韻母 ou 可以獨立形成音節，如「鏖 ou^1」「澳 ou^3」等。

粵語韻母 êu 的發音

粵語韻母 êu 其實是由元音 ê 和 ü 所組成的複合韻母，由於韻尾是 -ü，故不列入收 -u 韻母系列內說明。

發音先從元音 ê 開始，**口腔**半張開，**嘴唇**撮起成圓形，**舌頭**在靠前及半低位置。滑向第二個元音 ü 時，**舌頭**快速上升到最高位，**口腔**向中間合攏，**嘴唇**保持圓形撮起。

- 在這韻母組合中 ê 屬**短元音**，所以元音 ü 所佔時間相對較長。
- 韻母 êu 只與聲母結合形成音節，如「吹 cêu^1」「去 hêu^3」等。
- 普通話沒有 ê 這一韻母，故此也沒有 êu 這個複合韻母。

韻母發音練習

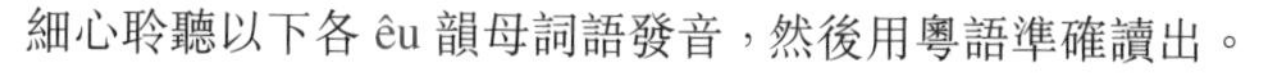

細心聆聽以下各 êu 韻母詞語發音，然後用粵語準確讀出。

吹噓　cêu^1 hêu^1	取去　cêu^2 hêu^3	錘碎　cêu^4 sêu^3
旅居　lêu^5 gêu^1	衰頹　sêu^1 têu^4	水退　sêu^2 têu^3
推拒　têu^1 kêu^5	追稅　zêu^1 sêu^3	醉裏　zêu^3 lêu^5

韻母發音對比

粵語 ai、ei、éi、oi、ui、ao、eo、iu、ou、êu 等 10 個複合韻母，除 ai、ei、éi 三者，及 ao 與 eo 兩韻母，因元音**舌位**相近而發音較易混淆外，其餘韻母發音差別較大故都易於分辨。以下發音辨析練習有助掌握這些韻母的發音特點

粵語 ai、ei、éi 韻母發音對比

1. 細心聆聽以下各詞語讀音，然後用粵語依次準確讀出。小心區別韻母 ai、ei、éi 三者的發音差異。

ai 韻母		ei 韻母		éi 韻母	
拜	bai^{3}	閉	bei^{3}	庇	béi^{3}
大	dai^{6}	弟	dei^{6}	地	déi^{6}
街	gai^{1}	雞	gei^{1}	機	géi^{1}
賴	lai^{6}	麗	lei^{6}	利	léi^{6}
埋	mai^{4}	迷	mei^{4}	微	méi^{4}
晒	sai^{3}	細	sei^{3}	四	séi^{3}

2. 細心聆聽音檔讀音，並在下列詞語音標空位上填上正確的韻母。

閉户	b______^{3} wu^{6}	庇護	b______^{3} wu^{6}
大方	d______^{6} fong^{1}	地方	d______^{6} fong^{1}
街坊	g______^{1} fong^{1}	饑荒	g______^{1} fong^{1}
飛蝗	f______^{1} wong^{4}	輝煌	f______^{1} wong^{4}
燒味	xiu^{1} m______^{2}	燒賣	xiu^{1} m______^{2}
細個	s______^{3} go^{3}	四個	s______^{3} go^{3}

語 ao 與 eo 韻母發音對比

細心聆聽以下各詞語讀音，然後用粵語依次準確讀出。小心區別韻母 ao、eo 兩者的發音差異。

ao 韻母		eo 韻母	
不撓	bed^{1} nao^{4}	不朽	bed^{1} neo^{2}
瞓覺	fen^{3} gao^{3}	瞓夠	fen^{3} geo^{3}
考較	hao^{2} gao^{3}	考究	hao^{2} geo^{3}
考試	hao^{2} xi^{3}	口試	heo^{2} xi^{3}
奇效	kéi^{4} hao^{6}	其後	kéi^{4} heo^{6}
末梢	mud^{6} sao^{1}	沒收	mud^{6} seo^{1}

粵語「瞓覺」即睡覺的意思。

細心聆聽音檔讀音，並在下列詞語音標空位上填上正確的韻母。

糾錯	g______^{2} co^{3}	搞錯	g______^{2} co^{3}
救人	g______^{3} yen^{4}	教人	g______^{3} yen^{4}
功效	gung^{1} h______^{6}	恭候	gung^{1} h______^{6}
口舌	h______^{2} xid^{3}	巧舌	h______^{2} xid^{3}
稍息	s______^{2} xig^{1}	首飾	s______^{2} xig^{1}
外貌	ngoi^{6} m______^{6}	外貿	ngoi^{6} m______^{6}

普韻母對應

粵語各**複合韻母**一般都與普通話對應，譬如粵語的 oi 和 éi 韻母，便分別主要應於普通話的 ai 和 i 韻母。又因粵語韻母沒有 i、u、ü 等**介音**，故此也會對應普通話有**介音**的韻母，如「怪 guai^{3}」普通話便唸「guài」。

粵語 ai、ei、éi、oi、ui、ao、eo、iu、ou、êu 等 10 個複合韻母，與普通話對應的具體情況可表列如下供參考：

粵語韻母	普通話主要對應韻母	普通話其他對應韻母
ai	ai、uai、ie	a、i、ia
ei	i、ei、uei	ai、ie
éi	i、ei	uei
oi	ai	ei
ui	ei、uei	uai
ao	ao、iao	ou、iou、ua
eo	ou、iou	u、ao
iu	iao	ao
ou	ao、u	o、uo
êu	ü、uei、ei	i、u、uai

除以上對應外，可歸納常見粵普複合韻母對應情況並說明如下：

1. 普通話不少屬 i 韻母的字，粵語主要屬於 ei 或 éi 韻母的字。

普通話 i 韻母 ──→ 粵語 ei / éi 韻母

以下是一些普通話屬 i 韻母，而粵語則屬 ei 或 éi 韻母的常見字：

	普通話	粵語
幣	bì	bei^6
抵	dǐ	dei^2
咪	mī	mei^5
鼻	bí	$béi^6$
地	dì	$déi^6$
奇	qí	$kéi^4$

2. 普通話不少屬 ai 韻母的字，粵語主要屬 ai 或 oi 韻母的字。

普通話 ai 韻母 ——→ 粵語 ai / oi 韻母

以下是一些普通話屬 ai 韻母，而粵語則屬 ai 或 oi 韻母的常見字：

	普通話	粵語
大	dài	dai3
買	mǎi	mai5
太	tài	tai3
才	cái	coi4
開	kāi	hoi1
再	zài	zoi3

3. 有些普通話屬 ei 韻母的字，粵語主要屬 éi、ui 或 êu 韻母的字。

普通話 ei 韻母 ——→ 粵語 éi / ui / êu 韻母

以下是一些普通話屬 ei 韻母，而粵語則屬 éi 、 ui 或 êu 韻母的常見字：

	普通話	粵語
悲	bēi	béi1
美	měi	méi5
杯	bēi	bui1
配	pèi	pui3
雷	léi	lêu4
誰	shéi	sêu4

4. 有些普通話屬 ao 韻母的字，粵語屬 ao、iu 或 ou 韻母的字。

普通話 ao 韻母 ——→ 粵語 ao / iu / ou 韻母

以下是一些普通話屬 ao 韻母，而粵語則屬 ao 、 iu 或 ou 韻母的常見字：

	普通話	粵語
包	bāo	bao^1
考	kǎo	hao^2
超	chāo	qiu^1
燒	shāo	xiu^1
報	bào	bou^3
好	hǎo	hou^2

粵普韻母差異辨別

■ 選取以下詞語所標示的正確拼音，在答案的空位上加上 ✓ 號。

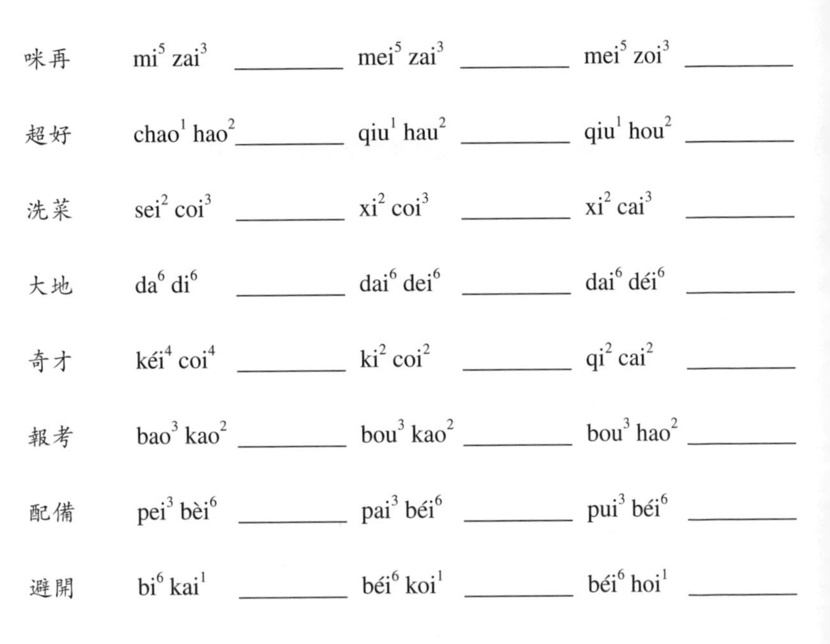

咪再	mi^5 zai^3	________	mei^5 zai^3	________	mei^5 zoi^3	________
超好	chao^1 hao^2	________	qiu^1 hau^2	________	qiu^1 hou^2	________
洗菜	sei^2 coi^3	________	xi^2 coi^3	________	xi^2 cai^3	________
大地	da^6 di^6	________	dai^6 dei^6	________	dai^6 déi^6	________
奇才	kéi^4 coi^4	________	ki^2 coi^2	________	qi^2 cai^2	________
報考	bao^3 kao^2	________	bou^3 kao^2	________	bou^3 hao^2	________
配備	pei^3 bèi^6	________	pai^3 béi^6	________	pui^3 béi^6	________
避開	bi^6 kai^1	________	béi^6 koi^1	________	béi^6 hoi^1	________

粵語「咪再」即別再的意思。「超好」意思是超級的好。

歌學粵語

聆聽錄音及跟唱以下粵語歌曲，然後在右面空格內，分別寫上歌詞內屬於 ai、ei、éi、oi、ui、ao、eo、iu、ou、êu 等複元音韻母的字。

命運就算顛沛流離 命運就算曲折離奇
命運就算恐嚇着你做人沒趣味
別流淚心酸 更不應捨棄
我願能 一生永遠陪伴你
一生之中兜兜轉轉 那會看清楚
徬徨時 我也試過獨坐一角 像是沒協助
在某年 那幼小的我 跌倒過
幾多幾多落淚在雨夜滂沱

——李克勤《紅日》

ai__________　ei__________
éi__________　oi__________
ui__________　ao__________
eo__________　iu__________
ou__________　êu__________

答 案

韻母發音對比

粵語 ai 、 ei 、 éi 韻母發音對比

2. 細心聆聽音檔讀音，並在下列標示拼音空位處填上正確的韻母。

閉户	b ___ei___ ^{3} wu^{6}	庇護	b ___éi___ ^{3} wu^{6}
大方	d ___ai___ ^{6} fong^{1}	地方	d ___éi___ ^{6} fong^{1}
街坊	g ___ai___ ^{1} fong^{1}	饑荒	g ___éi___ ^{1} fong^{1}
飛蝗	f ___éi___ ^{1} wong^{4}	輝煌	f ___ei___ ^{1} wong^{4}
燒味	xiu^{1} m ___éi___ ^{2}	燒賣	xiu^{1} m ___ai___ ^{2}
細個	s ___ei___ ^{3} go^{3}	四個	s ___éi___ ^{3} go^{3}

粵語 ao 與 eo 韻母發音對比

2. 細心聆聽音檔讀音，並在下列詞語音標空位上填上正確的韻母。

糾錯	g ___eo___ ^{2} co^{3}	搞錯	g ___ao___ ^{2} co^{3}
救人	g ___eo___ ^{3} yen^{4}	教人	g ___ao___ ^{3} yen^{4}
功效	gung^{1} h ___ao___ ^{6}	恭候	gung^{1} h ___eo___ ^{6}
口舌	h ___eo___ ^{2} xid^{3}	巧舌	h ___ao___ ^{2} xid^{3}
稍息	s ___ao___ ^{2} xig^{1}	首飾	s ___eo___ ^{2} xig^{1}
外貌	ngoi^{6} m ___ao___ ^{6}	外貿	ngoi^{6} m ___eo___ ^{6}

粵普韻母差異辨別

選取以下詞語所標示的正確拼音，在答案的空位上加上 ✓ 號。

咪再	mi^5 zai^3		mei^5 zai^3		mei^5 zoi^3	✓
超好	chao^1 hao^2		qiu^1 hau^2		qiu^1 hou^2	✓
洗菜	sei^2 coi^3	✓	xi^2 coi^3		xi^2 cai^3	
大地	da^6 di^6		dai^6 dei^6		dai^6 déi^6	✓
奇才	kéi^4 coi^4	✓	ki^2 coi^2		qi^2 cai^2	
報考	bao^3 kao^2		bou^3 kao^2		bou^3 hao^2	✓
配備	pei^3 bèi^6		pai^3 béi^6		pui^3 béi^6	✓
避開	bi^6 kai^1		béi^6 koi^1		béi^6 hoi^1	✓

歌學粵語

聆聽錄音及跟唱以下粵語歌曲，然後在右面空格內，分別寫上歌詞內屬於 ai、ei、éi、oi、ui、ao、eo、iu、ou、êu 等複元音韻母的字。

命運就算顛沛流離 命運就算曲折離奇
命運就算恐嚇着你做人沒趣味
別流淚心酸 更不應捨棄
我願能 一生永遠陪伴你
一生之中兜兜轉轉 那會看清楚
徬徨時 我也試過獨坐一角 像是沒協助
在某年 那幼小的我 跌倒過
幾多幾多落淚在雨夜滂沱

——李克勤《紅日》

éi 離、奇、你、味、棄、幾
oi 在　ui 沛、陪、會
eo 就、流、兜、某、幼
iu 小　ou 做、倒
êu 趣、淚

éi 韻母　離 léi^4、奇 kéi^4、你 néi^5、味 méi^6、棄 héi^3、幾 géi^2
oi 韻母　在 zoi^6
ui 韻母　沛 pui^3、陪 pui^4、會 wui^5
eo 韻母　就 zeo^6、流 leo^4、兜 deo^1、某 meo^5、幼 yeo^3
iu 韻母　小 xiu^2
ou 韻母　做 zou^6、倒 dou^2
êu 韻母　趣 cêu^3、淚 lêu^6

第十五課

帶鼻音韻尾韻母 -m、-n、-ng 及鼻音韻母 m、ng

語音特點簡介

在粵語語音系統中帶**鼻音** -m 、 -n 、 -ng 韻尾，與元音組合後，便成為了 am em 、 im 、 an 、 en 、 in 、 on 、 un 、 ên 、 ün 、 ang 、 eng 、 éng 、 ing 、 ong ung 、 êng 等 17 個**帶鼻音韻尾**的複合韻母。此外還有兩個**自成音節**的鼻音韻母 和 ng 。粵語鼻音韻母的組成比普通話複雜，不少是普通話所沒有的，在學習時須注意。

發音要點

粵語鼻音韻母最大特色是都藉氣流通過鼻腔發聲。普通話沒有粵語**自成音**的 m 和 ng 兩鼻音韻母。上述提到 17 個帶鼻音韻尾的複合韻母，從**發音部位**及**音方式**上可分為以下三大類：

雙唇鼻音韻母	以韻尾 -m 收音，包括 am 、 em 、 im 等 3 個複合韻母。
舌尖鼻音韻母	以韻尾 -n 收音，包括 an 、 en 、 in 、 on 、 un 、 ên 、 ün 等 7 個複合韻母。
舌根鼻音韻母	以韻尾 -ng 收音，包括 ang 、 eng 、 éng 、 ing 、 ong 、 ung 、 êng 等 7 個複合韻母。

- 以上三類韻母都屬**主要元音**與**鼻音韻尾**結合的複合韻母。普通話沒有 am em 、 im 等**雙唇鼻音韻母**，及由 ê 元音組成的 ên 和 êng 鼻音韻尾韻母。

粵語雙唇鼻音韻母 am、em、im 的發音

粵語收 -m 韻尾 am、em、im 等複合韻母，都屬**雙唇鼻音韻母**。粵語保留古漢語的雙唇鼻音韻母，普通話已沒有這種韻母，故此是不易掌握的學習難點。

- 雙唇鼻音韻母特色是**收音**時都需**合上嘴唇**。要讀準雙唇鼻音韻母的話，尤需注意發音時口腔與鼻腔的配合，及嘴唇的完全閉合。

雙唇鼻音韻母 am 發音

發音從元音 a 開始，舌頭在最低及稍前位置，嘴唇平展，嘴巴大幅度張開，氣流經過震動聲帶發 a 音，滑向發韻尾 -m 時軟顎下垂打開鼻腔通道，嘴巴完全合上，令氣流從咽喉經鼻腔流出發聲。

- 發音過程中元音 a 所佔時間較長，逐漸過渡到合口動作發出 m 鼻音。
- 雙唇鼻音韻母 am 與聲母結合形成音節，如「三 sam^1」「啱 ngam^1」等。

韻母發音練習

細心聆聽以下各 am 韻母詞語發音，然後用粵語準確讀出。

南站　nam^4 zam^6	貪婪　tam^1 lam^4	探監　tam^3 gam^1
慘淡　cam^2 dam^6	鹹欖　ham^4 lam^2	三啖　sam^1 dam^6
斬纜　zam^2 lam^5	巉巖　cam^4 ngam^4	湛藍　zam^3 lam^4

粵語「斬纜」即和愛人一刀兩斷。「三啖」即吃三口的意思。

雙唇鼻音韻母 em 發音

發 e 音時舌頭比 a 稍高及靠近中央，嘴唇平展，口腔張開程度比 a 略小。發元音後迅間滑向發鼻音 -m，軟顎下垂同時將嘴唇合上，氣流從咽喉經鼻腔流出發聲。

- 由於 e 是個十分短的元音，所以發 e 元音這部分的時間極短。
- 韻母 em 可獨立形成音節，如「庵 em^1」，與聲母結合成音節的如「心 sem^1」。

韻母發音練習

■ 細心聆聽以下各 em 韻母詞語發音，然後用粵語準確讀出。

甘霖　gem^{1} lem^{4}	金針　gem^{1} zem^{1}	坎壈　hem^{2} lem^{5}
酣飲　hem^{4} yem^{2}	襟枕　kem^{1} zem^{2}	琴音　kem^{4} yem^{1}
森林　sem^{1} lem^{4}	深心　sem^{1} sem^{1}	陰暗　yem^{1} em^{3}

雙唇鼻音韻母 im 發音

發音從元音 i 開始，舌頭靠近硬顎最高及最前位置，口腔張開程度較小，嘴唇向兩邊平展。滑向韻尾發鼻音 -m 時軟顎下垂，鼻腔通道打開，合上嘴唇，氣流從咽喉經鼻腔流出發聲。

■ 雙唇鼻音韻母 im 沒有獨立形成的音節，僅與聲母結合成音節，如「惦 dim^{3}」「念 nim^{6}」等。

韻母發音練習

■ 細心聆聽以下各 im 韻母詞語發音，然後用粵語準確讀出。

惦念　dim^{3} nim^{6}	搞掂　gao^{2} dim^{6}	兼職　gim^{1} jig^{1}
檢點　gim^{2} dim^{2}	沾染　jim^{1} yim^{5}	漸漸　jim^{6} jim^{2}
瀲灩　lim^{6} yim^{6}	簽名　qim^{1} méng^{2}	纖維　qim^{1} wei^{4}

粵語「搞掂」即做妥的意思。

粵語舌尖鼻音韻母 an、en、in、on、un、ên、ün 的發音

粵語收 -n 韻尾的 an、en、in、on、un、ên、ün 等複合韻母，屬**舌尖鼻音複合韻母**，都藉**舌尖**和上齒齦、口腔、鼻腔等配合而發聲。**圓唇**與**不圓唇**元音均可結合 -n 韻尾組成韻母。

舌尖鼻音韻母 an 發音

發 a 元音時舌頭平放最低及稍前位置，嘴唇平展並大幅度張開嘴巴，氣流經聲門震動聲帶發 a 音。滑向發鼻音韻尾 -n 時，軟顎下垂及**舌尖**向前，收音時舌尖接觸上齒齦，氣流經鼻腔及口腔流出發聲。

- 舌尖鼻音韻母 an 可獨立形成音節，如「晏 an3」；或與聲母結合形成音節，如「慳 han1」等。

韻母發音練習

- 細心聆聽以下各 an 韻母詞語發音，然後用粵語準確讀出。

斑斕　ban1 lan4	反間　fan2 gan3	艱難　gan1 nan4
闌珊　lan4 san1	懶散　lan5 san2	晚餐　man5 can1
舢舨　san1 ban2	姍姍　san1 san1	贊歎　zan3 tan3

舌尖鼻音韻母 en 發音

發 e 元音時舌頭在中間及略高於 a 位置，口腔張開及嘴唇平展。滑向韻尾 -n 時軟顎下垂，**舌尖**向前，收音時接觸上齒齦，氣流經鼻腔及口腔流出發聲。

- e 屬極**短元音**，發音時間相當短，與**普通話前鼻音** en 韻母發音明顯不同。
- 舌尖鼻音韻母 en 會與聲母結合形成音節，如「奔 ben1」「新 sen1」等。

韻母發音練習

- 細心聆聽以下各 en 韻母詞語發音，然後用粵語準確讀出。

彬彬　ben1 ben1	繽紛　ben1 fen1	分文　fen1 men4
均勻　guen1 wen4	窘困　kuen3 kuen3	姻親　yen1 cen1
氤氳　yen1 wen1	仁人　yen4 yen4	隱忍　yen2 yen2

舌尖鼻音韻母 in 發音

發 i 元音時，舌頭在最高及最前端靠硬顎位置，嘴唇開展，口腔張開程度較小。滑向鼻音韻尾 -n 時軟顎下垂及舌尖向前，收音時舌尖接觸上齒齦，氣流經鼻腔及口腔流出發聲。

- 舌尖鼻音韻母 in 可獨立形成音節，如「煙 yin^{1}」；或與聲母結合形成音節，如「天 tin^{1}」等。

韻母發音練習

- 細心聆聽以下各 in 韻母詞語發音，然後用粵語準確讀出。

變遷　bin^{3} qin^{1}	靦腆　tin^{2} tin^{2}	片面　pin^{3} min^{6}
翩躚　pin^{1} xin^{1}	前年　qin^{4} nin^{2}	千篇　qin^{1} pin^{1}
纏綿　qin^{4} min^{4}	先見　xin^{1} gin^{3}	天邊　tin^{1} bin^{1}

舌尖鼻音韻母 on 發音

從發元音 o 開始，嘴唇撮起成圓形，嘴巴半張開，舌頭靠後及在半低位置。滑向鼻音韻尾 -n 時軟顎下垂及**舌尖**向前，收音時舌尖抵住上齒齦，氣流經鼻腔及口腔流出發聲。

- **普通話**沒有 on 這個舌尖鼻音韻母，粵語的 on 韻母普通話**多變成** an 韻母。
- 韻母 on 可獨立成音節，如「安 on^{1}」；或與聲母結合成音節，如「乾 gon^{1}」。

韻母發音練習

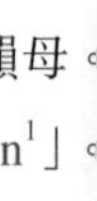

- 細心聆聽以下各 on 韻母詞語發音，然後用粵語準確讀出。

出汗　cêd^{1} hon^{6}	答案　dab^{3} on^{3}	乾旱　gon^{1} hon^{5}
看更　hon^{1} gang^{1}	海岸　hoi^{2} ngon^{6}	寒假　hon^{4} ga^{3}
韓國　hon^{4} guog^{3}	晚安　man^{5} on^{1}	圖案　tou^{4} on^{3}

粵語「看更」指值夜班的保安人員。

舌尖鼻音韻母 un 發音

發音從元音 u 開始，舌頭在最高和最後位置，嘴唇撮起，口腔張開幅度收到最小。滑向鼻音韻尾 -n 時軟顎下垂及舌尖向前，收音時舌尖接觸上齒齦，氣流經鼻腔及口腔流出發聲。

- 舌尖鼻音韻母 un 可以獨立形成音節，如「碗 wun^{2}」；或與聲母結合形成音節，如「本 bun^{2}」等。

韻母發音練習

細心聆聽以下各 un 韻母單字的發音，然後用粵語準確讀出。

搬屋　bun^{1} ug^{1}	半本　bun^{3} bun^{2}	肥胖　féi^{4} bun^{6}
歡喜　fun^{1} héi^{2}	管理　gun^{2} léi^{5}	冠軍　gun^{3} guen^{1}
滿門　mun^{5} mun^{4}	碗盤　wun^{2} pun^{4}	換款　wun^{6} fun^{2}

粵語「搬屋」即搬家。「換款」指改換不同款式。

舌尖鼻音韻母 ên 發音

從元音 ê 開始發音，嘴唇撮起，口腔半張開，舌頭在靠前及半低位置。滑向鼻音韻尾 -n 時，軟顎下垂打開鼻腔通道，舌尖向前，收音時抵住上齒齦，氣流經鼻腔及口腔流出發聲。

- 普通話沒有 ên 這舌尖鼻音韻母，加上 ê 屬**短元音**，所以尤其不易掌握發音。
- 舌尖鼻音韻母 ên 與聲母結合形成音節，如「春 cên^{1}」和「信 sên^{3}」等。

韻母發音練習

細心聆聽以下各 ên 韻母單字的發音，然後用粵語準確讀出。

春天　cên^{1} tin^{1}	蠢鈍　cên^{2} dên^{6}	利潤　léi^{6} yên^{6}
輪班　lên^{4} ban^{1}	逡巡　sên^{1} cên^{4}	信心　sên^{3} sem^{1}
唇膏　sên^{4} gou^{1}	順利　sên^{6} léi^{6}	遵循　zên^{1} cên^{4}

粵語「唇膏」即口紅。「蠢鈍」即愚笨的意思。

舌尖鼻音韻母 ün 發音

發 ü 元音時舌頭位於最高及最前端位置，雙唇合攏，嘴巴開口度極小。滑向鼻音韻尾 -n 時，軟顎下垂及舌尖向前，收音時舌尖接近上齒齦，氣流從咽喉經鼻腔及口腔流出發聲。

- 舌尖鼻音韻母 ün 可獨立形成音節如「鴛 yun^1」；或與聲母結合形成音節如「全 qun^4」等。

韻母發音練習

- 細心聆聽以下各 ün 韻母詞語發音，然後用粵語準確讀出。

轉圈　jun^3 hün^1	寸斷　qun^3 dün^6	銓選　qun^4 xun^2
團圓　tün^4 yun^4	船員　xun^4 yun^4	淵源　yun^1 yun^4
婉轉　yun^2 jun^2	完全　yun^4 qun^4	懸遠　yun^4 yun^5

粵語舌根鼻音韻母 ang、eng、éng、ing、ong、ung、êng 的發音

粵語收 -ng 韻尾的 ang、eng、éng、ing、ong、ung、êng 韻母同屬**舌根鼻音韻母**，發音時舌根抵住軟顎，氣流從鼻腔及口腔流出發聲。發聲時雙唇不會完全合上，可與 o、u、ê、ü 等**圓唇元音**結合。

舌根鼻音韻母與舌尖鼻音韻母發音方式十分相似，不同在是藉**舌根**與軟顎、口腔、鼻腔等配合發聲。

舌根鼻音韻母 ang 發音

發音時嘴巴大幅度張開，嘴唇平展，舌頭平放最低及稍前位置，氣流經聲門震動聲帶發 a 音。滑向發鼻音韻尾 -ng 時軟顎下垂，**舌根**向軟顎移動，收音時舌根部分抵住軟顎，氣流經鼻腔及口腔流出發聲。

- 舌根鼻音韻母 ang 可獨立形成音節，如「甖 ang^1」；或與聲母結合形成音節，如「坑 hang^1」等。

韻母發音練習

細心聆聽以下各 ang 詞語發音，然後用粵語準確讀出。

耕田 gang[1] tin[4]	行山 hang[4] san[1]	學生 hog[6] sang[1]
節省 jid[3] sang[2]	冷衫 lang[1] sam[1]	盲人 mang[4] yen[4]
猛烈 mang[5] lid[6]	甜橙 tim[4] cang[2]	横掂 wang[4] dim[6]

粵語「冷衫」即毛衣。「横掂」即横豎或反正的意思。

舌根鼻音韻母 eng 發音

發音時從元音 e 開始，口腔張開及嘴唇平展，舌頭在中間及略高於元音 a。滑向鼻音韻尾 -ng 時軟顎下垂，舌根同時向軟顎移動，收音時舌根抵住軟顎，氣流經鼻腔及口腔流出發聲。

- 普通話沒有粵語 e 這短元音，組成複合韻母 eng 後，也與普通話發音不同。
- 舌根鼻音韻母 eng 可獨立形成音節，如「鶯 eng[1]」；或與聲母結合形成音節，如「萌 meng[4]」等。

韻母發音練習

細心聆聽以下各 eng 詞語發音，然後用粵語準確讀出。

崩塌 beng[1] tab[3]	登記 deng[1] géi[3]	更新 geng[1] sen[1]
梗係 geng[2] hei[6]	轟動 gueng[1] dung[6]	行動 heng[4] dung[6]
恆心 heng[4] sem[1]	幸運 heng[6] wen[6]	朋友 peng[4] yeo[5]

粵語「梗係」是當然是或一定是的意思。

舌根鼻音韻母 éng 發音

發音時口腔半張開，嘴唇平展，舌頭在半低位較前位置，氣流經聲門震動聲帶發 é 音。滑向鼻音韻尾 -ng 時軟顎下垂，舌根向軟顎移動，收音時舌根抵住軟顎，氣流經鼻腔及口腔流出發聲。

- 舌根鼻音韻母 éng 與聲母結合形成音節，如「鄭 zéng[6]」和「廳 téng[1]」等。

韻母發音練習

■ 細心聆聽以下各 éng 詞語發音，然後用粵語準確讀出。

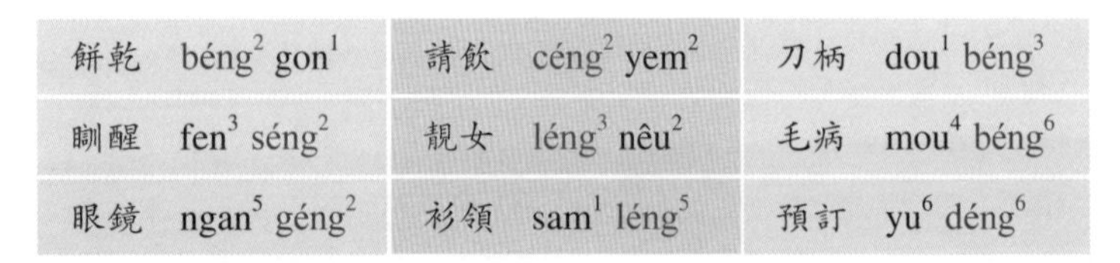

餅乾 béng^{2} gon^{1}	請飲 céng^{2} yem^{2}	刀柄 dou^{1} béng^{3}
瞓醒 fen^{3} séng^{2}	靚女 léng^{3} nêu^{2}	毛病 mou^{4} béng^{6}
眼鏡 ngan^{5} géng^{2}	衫領 sam^{1} léng^{5}	預訂 yu^{6} déng^{6}

粵語「請飲」即邀請飲宴。「瞓醒」即睡醒。「靚女」即美女。「衫領」即衣領。

舌根鼻音韻母 ing 發音

發音時從元音 i 開始，口腔張開程度較小，嘴唇開展，舌頭在最前端及最高近硬顎位置。滑向鼻音韻尾 -ng 時軟顎下垂，舌根向軟顎移動，收音時舌根抵住軟顎，氣流從咽喉經鼻腔及口腔流出發聲 。

- 粵語舌根鼻音 ing 的 i 是**舌位**較原先**低**的**短元音**，和普通話的 ing 韻母發音頗為不同，在學習粵語時是一大難點。
- 舌根鼻音韻母 ing 主要與聲母結合形成音節，如「冰 bing^{1}」和「精 jing^{1}」等

韻母發音練習

■ 細心聆聽以下各 ing 詞語發音，然後用粵語準確讀出。

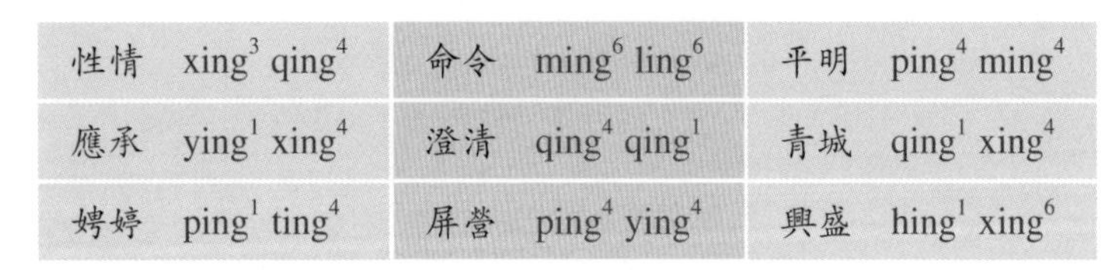

性情 xing^{3} qing^{4}	命令 ming^{6} ling^{6}	平明 ping^{4} ming^{4}
應承 ying^{1} xing^{4}	澄清 qing^{4} qing^{1}	青城 qing^{1} xing^{4}
娉婷 ping^{1} ting^{4}	屏營 ping^{4} ying^{4}	興盛 hing^{1} xing^{6}

粵語「應承」是答應的意思。

舌根鼻音韻母 ong 發音

發元音 o 時嘴巴半張開，嘴唇撮起，舌頭半低及靠後。滑向鼻音韻尾 -ng 時軟顎下垂，舌根向軟顎移動，收音時舌根部分抵住軟顎，氣流從鼻腔及口腔流出發聲

- 粵語舌根鼻音 ong 的 o **舌位**較原先高，和普通話 ong 韻母發音有分別。
- 舌根鼻音韻母 ong 可獨立形成音節，如「骯 ong^{1}」；也可與聲母結合形成音節，如「方 fong^{1}」等。

韻母發音練習

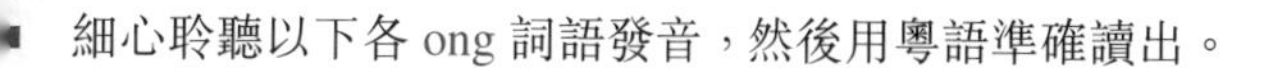
■ 細心聆聽以下各 ong 詞語發音，然後用粵語準確讀出。

骯髒　ong1 zong1	幫忙　bong1 mong4	荒唐　fong1 tong4
放蕩　fong3 dong6	剛剛　gong1 gong1	徬徨　pong4 wong4
堂皇　tong4 wong4	裝璜　zong1 wong4	狀況　zong6 fong3

舌根鼻音韻母 ung 發音

發音時從元音 u 開始，舌頭處於最高和最後位置，嘴唇向中央撮起，口腔張開幅度收到最小。滑向鼻音韻尾 -ng 時，軟顎下垂，舌根向軟顎移動，收音時舌根抵住軟顎，氣流從鼻腔及口腔流出發聲。

■ 舌根鼻音韻母 ung 可以獨立形成音節，如「甕 ung3」；也可與聲母結合形成音節，如「孔 hung2」等。

韻母發音練習

■ 細心聆聽以下各 ung 詞語發音，然後用粵語準確讀出。

衝鋒　cung1 fung1	東風　dung1 fung1	空洞　hung1 dung6
懵懂　mung2 dung2	湧動　yung2 dung6	臃腫　yung2 zung2
痛風　tung3 fung1	縱容　zung3 yung4	中庸　zung1 yung4

舌根鼻音韻母 êng 發音

發音時從元音 ê 開始，嘴唇撮起，口腔半張開，舌頭在靠前及半低位置。滑向鼻音韻尾 -ng 時，軟顎下垂，舌根向軟顎移動，收音時舌根抵住軟顎，氣流由鼻腔和口腔流出發聲。

■ 普通話沒有 êng 這韻母，注意**圓唇**及**舌根**位置變化會較易掌握發音。

■ 舌根鼻音韻母 êng 主要與聲母結合形成音節，如「窗 cêng1」和「香 hêng1」。

韻母發音練習

■ 細心聆聽以下各 êng 詞語發音，然後用粵語準確讀出。

長槍　cêng^{4} cêng^{1}	糧餉　lêng^{4} hêng^{2}	商場　sêng^{1} cêng^{4}
商量　sêng^{1} lêng^{4}	相讓　sêng^{1} yêng^{6}	徜徉　sêng^{4} yêng^{4}
上漲　sêng^{6} zêng^{3}	獎賞　zêng^{2} sêng^{2}	丈量　zêng^{6} lêng^{6}

粵語自成音節鼻音韻母 m 和 ng 的發音

粵語韻母 m 和 ng 屬**自成音節**的鼻音韻母，這兩個韻母是由**鼻音聲母**轉變來的**聲化韻母**，特點是發音時受阻程度低，故聲音都會較響亮。

m 和 ng 兩自成音節鼻音韻母一般情況下**僅能獨自使用**，不會與任何聲母組合成音節。**普通話鼻音**當中沒有這種韻母。

自成音節雙唇鼻音韻母 m 發音

粵語自成音節韻母 m 屬於**雙唇鼻音韻母**，發音部位與**聲母** m 一致，同樣由上下唇閉合做成阻礙發音，只是發音時摩擦較輕。

發音時先將上下唇閉合阻塞口腔氣流通路，軟顎下垂打開鼻腔通道，聲帶振動的同時，讓氣流通過鼻腔發聲。

- 自成音節鼻音韻母 m 一般不與聲母組合，僅有口語「噷 hm^{1}」例外，獨立成音節的字不多，都見於口頭用語，如「唔 m^{4}」及「嘸 m^{2}」。

韻母發音練習

■ 細心聆聽以下各 m 詞語發音，然後用粵語準確讀出。

嘸　m^{2}	唔知　m^{4} ji^{1}

「嘸」是表示懷疑或奇怪的口頭語。粵語「唔知」是不知道的意思。

自成音節舌根鼻音韻母 ng 發音

粵語自成音節韻母 ng 屬**舌根鼻音韻母**，發音部位與**聲母** ng 一致，同樣由舌根接觸硬顎和軟顎交界處做成阻礙發音，但發音時摩擦較輕。

發音時先將**舌根**接觸軟顎，小舌及軟顎下降至貼舌根位置，阻塞口腔中氣流通絡，再打開鼻腔通道讓氣流通過振動聲帶，在鼻腔產生共鳴發聲。

- 與自成音節鼻音韻母 m 不同是，ng 韻母成阻發音部位在**舌根**位置，發聲時嘴巴張開而不會合起嘴唇。
- 自成音節鼻音韻母 ng 一般不與聲母組合，僅有語氣詞「哼 hng^{6}」例外。獨立成為音節的字同樣不多，常見的如「吳 ng^{4}」及「五 ng^{5}」。

韻母發音練習

- 細心聆聽以下各 ng 詞語發音，然後用粵語準確讀出。

覺悟　gog^{3} ng^{6}	蜈蚣　ng^{4} gung^{1}	吳牛　ng^{4} ngeo^{4}
吾人　ng^{4} yen^{4}	五代　ng^{5} doi^{6}	誤會　ng^{6} wui^{6}

韻母辨析練習

粵語各個**帶鼻音韻尾韻母**，及 m 和 ng 兩**自成音節鼻音韻母**，除 an、en、on 與 ang、eng、ong 因前或後鼻音對應而發音較接近外，其餘因發音部位差異較大，故都比較容易區分。

粵語 an 與 ang 韻母發音對比

. 細心聆聽音檔讀音，並在下列詞語音標空位上填上正確的韻母。

大鏟	dai^{6} c______^{2}	大橙	dai^{6} c______^{2}
慳錢	h______^{1} qin^{2}	坑錢	h______^{1} qin^{2}
行人	h______^{4} yen^{4}	閒人	h______^{4} yen^{4}
後生	heo^{6} s______^{1}	後山	heo^{6} s______^{1}
猛撐	m______^{5} c______^{1}	晚餐	m______^{5} c______^{1}
中環	zung^{1} w______^{4}	縱橫	zung^{1} w______^{4}

粵語「行人」也講作「走人」，是離開的意思。

粵語 en 與 eng 韻母發音對比

2. 細心聆聽音檔讀音，並在下列詞語音標空位上填上正確的韻母。

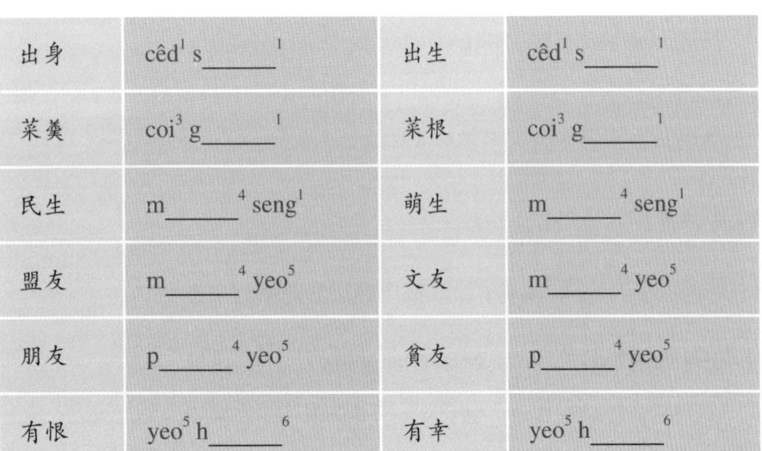

出身	cêd^{1} s______^{1}	出生	cêd^{1} s______^{1}
菜羹	coi^{3} g______^{1}	菜根	coi^{3} g______^{1}
民生	m______^{4} seng^{1}	萌生	m______^{4} seng^{1}
盟友	m______^{4} yeo^{5}	文友	m______^{4} yeo^{5}
朋友	p______^{4} yeo^{5}	貧友	p______^{4} yeo^{5}
有恨	yeo^{5} h______^{6}	有幸	yeo^{5} h______^{6}

粵語 on 與 ong 韻母發音對比

3. 細心聆聽音檔讀音，並在下列詞語音標空位上填上正確的韻母。

江頭	g______^{1} teo^{4}	竿頭	g______^{1} teo^{4}
漢江	h______^{3} g______^{1}	烘乾	h______^{3} g______^{1}
寒葉	h______^{4} yib^{6}	行業	h______^{4} yib^{6}
冷巷	lang^{5} h______^{6}	冷汗	lang^{5} h______^{6}
安裝	______^{1} zong^{1}	骯髒	______^{1} zong^{1}
水乾	sêu^{2} ______^{1}	水缸	sêu^{2} ______^{1}

粵普韻母對應

粵語各鼻音韻母與普通話對應關係較複雜，除兩**自成音節鼻音韻母**外，粵語
17 個**帶鼻音韻尾韻母**，主要都對應於普通話的**帶鼻音韻母**。以下是粵語上述各

母與普通話對應情況的表列：

粵語韻母	普通話主要對應韻母	普通話其他對應韻母
am	an、ian	a、ai、in
em	in、an、en	ün、ian、ang
im	ian、an	uei
an	an、uan、ian	ai、o
en	en、in、ün、uen	eng、ing、uei
in	ian	an、üan
on	an	
un	uan、an、en	üan、ang
ên	uen、ün、in	en、uan
ün	üan、uan、uen	ian、en、uai、uei
ang	eng、uang	ang、en、ing
eng	eng、ing	ong、en、ng
éng	ing	eng
ing	ing、eng	in、en、iong、ang
ong	ang、uang	iang、eng、ueng、ün、uo
ung	ong、eng、iong	ueng、ang
êng	iang、ang	uang、eng、ia
m	u	
ng	u	ng

除上述粵普鼻音韻母對應關係外，以下歸納常見粵普複合韻母對應的情況：

. 粵語所有 on 韻母，**全部對應**於普通話 an 韻母。

粵語 on 韻母 ——→ 普通話 an 韻母

以下是一些普通話屬 an 韻母，而粵語屬 on 韻母的常見字：

	普通話	粵語
安	ān	on[1]
岸	àn	ngon[6]
按	àn	on[3]
乾	gān	gon[1]
寒	hán	hon[4]
看	kàn	hon[3]

2. 普通話的 ian 韻母，大多對應粵語的 in 韻母，其次是 im 韻母。

普通話 ian 韻母 ⟶ 粵語 in 、 im 韻母

以下是一些普通話屬 ian 韻母，而粵語則屬 in 或 im 韻母的常見字：

	普通話	粵語
邊	biān	bin[1]
編	biān	pin[1]
連	lián	lin[4]
天	tiān	tin[1]
點	diǎn	dim[2]
店	diàn	dim[3]

3. 粵語 m 和 ng 兩個自成音節鼻音韻母，主要對應於普通話的 u 韻母。

普通話 u 韻母 ⟶ 粵語 m 、 ng 韻母

以下是普通話屬 u 韻母，而粵語則屬自成音節 m 或 ng 韻母的常見字：

	普通話	粵語
唔	wú	m^{4}
吾	wú	ng^{4}
吳	wú	ng^{4}
五	wǔ	ng^{5}
午	wǔ	ng^{5}
誤	wù	ng^{6}

粵普韻母差異辨別

- 選取以下詞語所標示的正確拼音，在答案的空位上加上 ✓ 號。

簡單	jian^{3} dan^{1}	______	jan^{2} dan^{1}	______	gan^{2} dan^{1}	______
乾淨	gan^{1} jing^{6}	______	gon^{1} jéng^{6}	______	gon^{1} zéng^{6}	______
唔問	wu^{2} wen^{4}	______	m^{4} wen^{6}	______	m^{4} men^{6}	______
午餐	ng^{5} can^{1}	______	m^{5} can^{1}	______	wu^{3} can^{1}	______
安康	an^{1} kong^{1}	______	an^{1} hong^{1}	______	on^{1} hong^{1}	______
新聞	xin^{1} wen^{4}	______	sen^{1} wen^{4}	______	sen^{1} men^{4}	______
瞬間	shun^{3} jian^{1}	______	sên^{3} gan^{3}	______	sên^{3} gen^{3}	______
商場	shung^{1} chang^{3}	______	sheng^{1} cêng^{4}	______	sêng^{1} cêng^{4}	______

K♪歌學粵語

■ 聆聽錄音及跟唱以下粵語歌曲，然後在右面空格內，分別寫上歌詞內屬於帶鼻音韻尾 -m、-n、-ng 韻母的字。

又見雪飄過 飄於傷心記憶中
讓我再想你 卻掀起我心痛
早經分了手 為何熱愛尚情重
獨過追憶歲月 或許此生不會懂

—— 陳慧嫻《飄雪》

-m ____________

-n ____________

-ng ____________

____

答案

韻母辨析練習

粵語 an 與 ang 韻母發音對比

細心聆聽音檔讀音，並在下列詞語音標空位上填上正確的韻母。

大鏟	dai^{6} c__an__^{2}	大橙	dai^{6} c__ang__^{2}
慳錢	h__an__^{1} qin^{2}	坑錢	h__ang__^{1} qin^{2}
行人	h__ang__^{4} yen^{4}	閒人	h__an__^{4} yen^{4}
後生	heo^{6} s__ang__^{1}	後山	heo^{6} s__an__^{1}
猛撐	m__ang__^{5} c__ang__^{1}	晚餐	m__an__^{5} c__an__^{1}
中環	zung^{1} w__an__^{4}	縱橫	zung^{1} w__ang__^{4}

粵語 en 與 eng 韻母發音對比

細心聆聽音檔讀音，並在下列詞語音標空位上填上正確的韻母。

出身	cêd^{1} s__en__^{1}	出生	cêd^{1} s__eng__^{1}
菜羹	coi^{3} g__eng__^{1}	菜根	coi^{3} g__en__^{1}
民生	m__en__^{4} seng^{1}	萌生	m__eng__^{4} seng^{1}
盟友	m__eng__^{4} yeo^{5}	文友	m__en__^{4} yeo^{5}
朋友	p__eng__^{4} yeo^{5}	貧友	p__en__^{4} yeo^{5}
有恨	yeo^{5} h__en__^{6}	有幸	yeo^{5} h__eng__^{6}

粵語 on 與 ong 韻母發音對比

3. 細心聆聽音檔讀音，並在下列詞語音標空位上填上正確的韻母。

江頭	g_ong_^{1} teo^{4}	竿頭	g_on_^{1} teo^{4}
漢江	h_on_^{3} g_ong_^{1}	烘乾	h_ong_^{3} g_on_^{1}
寒葉	h_on_^{4} yib^{6}	行業	h_ong_^{4} yib^{6}
冷巷	lang^{5} h_ong_^{6}	冷汗	lang^{5} h_on_^{6}
安裝	_on_^{1} zong^{1}	骯髒	_ong_^{1} zong^{1}
水乾	sêu^{2} g_on_^{1}	水缸	sêu^{2} g_ong_^{1}

粵普韻母差異辨別

選取以下詞語所標示的正確拼音，在答案的空位上加上 ✓ 號。

簡單	jian^{3} dan^{1}		jan^{2} dan^{1}		gan^{2} dan^{1}	✓
乾淨	gan^{1} jing^{6}		gon^{1} jéng^{6}		gon^{1} zéng^{6}	✓
唔問	wu^{2} wen^{4}		m^{4} wen^{6}		m^{4} men^{6}	✓
午餐	ng^{5} can^{1}	✓	m^{5} can^{1}		wu^{3} can^{1}	
安康	an^{1} kong^{1}		an^{1} hong^{1}		on^{1} hong^{1}	✓
新聞	xin^{1} wen^{4}		sen^{1} wen^{4}		sen^{1} men^{4}	✓
瞬間	shun^{3} jian^{1}		sên^{3} gan^{3}	✓	sên^{3} gen^{3}	
商場	shung^{1} chang^{3}		sheng^{1} cêng^{4}		sêng^{1} cêng^{4}	✓

歌學粵語

聆聽錄音及跟唱以下粵語歌曲，然後在右面空格內，分別寫上歌詞內屬於帶鼻音韻尾 -m、-n、-ng 韻母的字。

又見雪飄過 飄於傷心記憶中
讓我再想你 卻掀起我心痛
早經分了手 為何熱愛尚情重
獨過追憶歲月 或許此生不會懂

——陳慧嫻《飄雪》

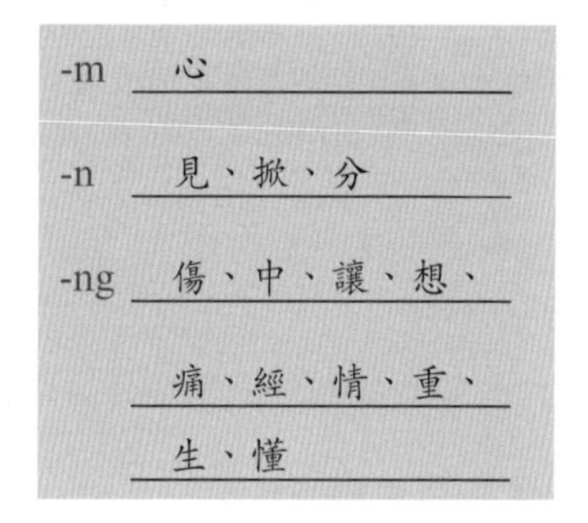

-m 心
-n 見、掀、分
-ng 傷、中、讓、想、
痛、經、情、重、
生、懂

-m 韻母　心 sem^{1}

-n 韻母　見 gin^{3}、掀 hin^{1}、分 fen^{1}

-ng 韻母　傷 sêng^{1}、中 zung^{1}、讓 yêng^{6}、想 sêng^{2}、痛 tung^{3}、經 ging^{1}、情 qing^{4}、重 cung^{6}、生 seng^{1}、懂 dung^{2}

第十六課 **入聲塞音韻尾 -b、-d、-g 韻母**

語音特點簡介

粵語語音系統中有帶**入聲**塞音 -b、-d、-g 的韻尾，與元音結合後，成為了 ab、eb、ib、ad、ed、id、od、ud、êd、üd、ag、eg、ég、ig、og、ug、êg 等 17 個**帶入聲塞音**複合韻母。入聲塞音韻母見於古漢語中，粵語音系完整保留下來，普通話已沒有這種韻母。**入聲**屬粵語四聲之一，佔字數相當多，對習慣講普通話的初學者來說，掌握入聲發音是學好粵語的一大關鍵。

發音要點

粵語帶入聲塞音 -b、-d、-g 韻尾的複合韻母，與帶鼻音韻尾 -m、-n、-ng 複合韻母在發音方法上有明確對應關係。粵語入聲塞音複合韻母，從**發音部位**及**發音方式**上同樣分為三大類：

雙唇塞音入聲韻母	以塞音韻尾 -b 收音，包括 ab、eb、ib 等 3 個複合韻母。
舌尖塞音入聲韻母	以韻尾 -d 收音，包括 ad、ed、id、od、ud、êd、üd 等 7 個複合韻母。
舌根塞音入聲韻母	以韻尾 -g 收音，包括 ag、eg、ég、ig、og、ug、êg 等 7 個複合韻母。

粵語入聲韻尾屬清塞音，即發聲時聲帶不振動的塞音。普通話沒有這種發音。

粵語雙唇塞音韻母 ab、eb、ib 的發音

粵語入聲韻母 ab、eb、ib 都屬收 -b 韻尾的**雙唇塞音韻母**。雙唇塞音韻母在收音時都需**閉合上下唇**。普通話既沒有**入聲塞音韻母**，更沒有**雙唇塞音韻母**這種發音方式，所以是學習粵語發音時雙重的難點所在。

雙唇塞音韻母 ab 發音

發音時舌頭放最低及稍前位置，嘴巴大幅張開，嘴唇平展，氣流經聲門振動聲帶發 a 元音，滑向發韻尾塞音 -b 時，迅速將兩唇緊閉做成發音受阻的塞音。

- 發音過程中元音 a 佔時間較短，逐漸過渡到 -b 塞音的雙唇閉合動作。
- 雙唇塞音韻母 ab 可獨立形成音節，如「鴨 ab^3」，或與聲母結合成音節如「搭 dab^3」等。

韻母發音練習

細心聆聽以下各 ab 韻母詞語發音，然後用粵語準確讀出。

插圖　cab^3 tou^4	搭車　dab^3 cé^1	踏實　dab^6 sed^6
夾雜　gab^3 zab^6	學習　hog^6 zab^6	指甲　ji^2 gab^3
臘鴨　lab^6 ab^3	垃圾　lab^6 sab^3	閘口　zab^6 heo^2

雙唇塞音韻母 eb 發音

發音時嘴唇平展，舌頭比 a 稍高及靠中央位置，口腔張開比 a 略小。聲帶振動發 e 元音後，迅間滑向發塞音 -b，同時將雙唇合上，做成發音阻礙的塞音。

- 由於 e 是個十分短的元音，組成 eb 韻母時會變得更短，過渡到塞音 -b 韻尾動作時間也短，令整個發音過程相當短暫。
- 雙唇塞音韻母 eb 多與聲母結合成音節，例如「急 geb^1」及「入 yeb^6」等。

韻母發音練習

■ 細心聆聽以下各 eb 韻母詞語發音，然後用粵語準確讀出。

固執　gu^3 zeb^1	供給　gung^1 keb^1	合十　heb^6 seb^6
接洽　jib^3 heb^1	吸入　keb^1 yeb^6	及時　keb^6 xi^4
屹立　nged^6 leb^6	編輯　pin^1 ceb^1	拾級　seb^6 keb^1

雙唇塞音韻母 ib 發音

發音時舌頭靠近硬顎最前及最高位置，嘴唇平展，口腔較小張開，發出 i 元
後，迅速滑向發塞音 -b 韻尾，將雙唇緊密合上做成發音受阻。

■ 雙唇塞音韻母 ib 可以獨立形成音節，如「頁 yib^6」，或與聲母結合成音節如「貼 tib^3」等。

韻母發音練習

■ 細心聆聽以下各 ib 韻母詞語發音，然後用粵語準確讀出。

道歉　dou^6 hib^3	協助　hib^3 zo^6	職業　jig^1 yib^6
摺疊　jib^3 dib^6	威脅　wei^1 hib^3	躞蹀　xib^3 dib^6
涉獵　xib^3 lib^6	樹葉　xu^6 yib^6	津貼　zên^1 tib^3

粵語舌尖塞音韻母 ad、ed、id、od、ud、êd、üd 的發音

粵語收 -d 韻尾的 ad、ed、id、od、ud、êd、üd 韻母，均屬**舌尖塞音複合韻母**
發音時藉舌尖和上齒齦、口腔等配合發聲。-d 韻尾可與 o 、u 、ê 、ü 等**圓唇元**
結合成一系列的舌尖塞音，因而有更多入聲韻母的組合方式。

舌尖塞音韻母 ad 發音

從元音 a 開始發音，舌頭平放最低及稍前位置，嘴唇平展，口腔大幅度張開
氣流經聲門振動聲帶發音。滑向發塞音韻尾 -d 時，**舌尖**向前接觸上齒齦，形成
音受阻的塞音。

- 舌尖塞音韻母 ad 可獨立形成音節，如「壓 ad³」；也可與聲母結合形成音節，如「法 fad³」等。

韻母發音練習

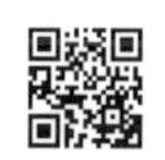

細心聆聽以下各 ad 韻母詞語發音，然後用粵語準確讀出。

遏止　ad³ ji²	壓力　ad³ lig⁶	八法　bad³ fad³
打咭　da² kad¹	扼殺　eg¹ sad³	發達　fad³ dad⁶
觀察　gun¹ cad³	刮抹　guad³ mad³	潤滑　yên⁶ wad⁶

香港粵語「打咭」一般指到某熱門景點拍照並分享。

舌尖塞音韻母 ed 發音

發音時舌頭處半低及靠中位置，嘴唇平展，口腔張開，氣流振動聲帶發 e 元音。滑向韻尾 -d 時舌尖向前，收音時接觸上齒齦，讓氣流通道受阻成塞音。

- 元音 e 是個十分短的音，組成韻母時會**變得更短**，令整個發音時間極為短暫。
- 舌尖塞音韻母 ed 主要與聲母結合成音節，如「不 bed¹」和「一 yed¹」等。

韻母發音練習

細心聆聽以下各 ed 韻母詞語發音，然後用粵語準確讀出。

不屈　bed¹ wed¹	畢業　bed¹ yib⁶	七匹　ced¹ ped¹
吉日　ged¹ yed⁶	缺乏　küd³ fed⁶	密室　med⁶ sed¹
失物　sed¹ med⁶	實質　sed⁶ zed¹	一筆　yed¹ bed¹

舌尖塞音韻母 id 發音

發音時從元音 i 開始，舌頭位於最前及最高靠硬顎處，口腔半合口張開，嘴唇開展。滑向塞音韻尾 -d 時，**舌尖**向前接觸上齒齦，做成發音受阻塞音。

- 組成韻母後 i 變成**舌位**較低的**長元音**，發音時間會較其他入聲韻母稍長。

- 舌尖塞音韻母 id 可以獨立形成音節，如「熱 yid^{6}」；也可與聲母結合形成音節，如「別 bid^{6}」等。

韻母發音練習

- 細心聆聽以下各 id 韻母詞語發音，然後用粵語準確讀出。

跌倒　did^{3} dou^{2}	發泄　fad^{3} xid^{3}	結舌　gid^{3} xid^{3}
節烈　jid^{3} lid^{6}	歇息　kid^{3} xig^{1}	揭頁　kid^{3} yib^{6}
設計　qid^{3} gei^{3}	識別　xig^{1} bid^{6}	熱切　yid^{6} qid^{3}

舌尖塞音韻母 od 發音

發音時從元音 o 開始，嘴巴半張開，嘴唇撮起成圓形，舌頭於半低及靠後位置。滑向塞音韻尾 -d 時，舌尖向前接觸上齒齦，形成發音受阻礙的塞音。

- 舌尖塞音韻母 od 僅與聲母結合形成音節，如「割 god^{3}」及「渴 hod^{3}」等。

韻母發音練習

- 細心聆聽以下各 od 韻母單字的發音，然後用粵語準確讀出。

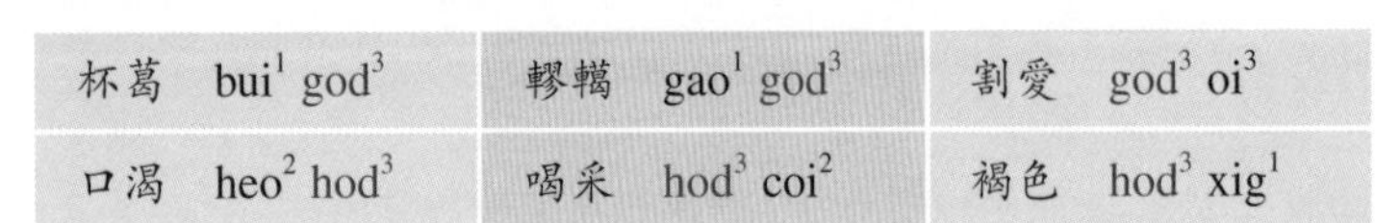

杯葛　bui^{1} god^{3}	膠轕　gao^{1} god^{3}	割愛　god^{3} oi^{3}
口渴　heo^{2} hod^{3}	喝采　hod^{3} coi^{2}	褐色　hod^{3} xig^{1}

舌尖塞音韻母 ud 發音

發音從元音 u 開始，舌頭在最高及最後位置，嘴唇向中央撮起，口腔在半合口狀態。滑向塞音韻尾 -d 時，舌尖向前接觸上齒齦，形成發音受阻的塞音。

- 組成 ud 韻母後，韻腹 u 是個**舌位**較原先低的**長元音**，發音時間也稍長。
- 舌尖塞音韻母 ud 僅與聲母結合形成音節，如「闊 fud^{3}」及「抹 mud^{3}」等。

母發音練習

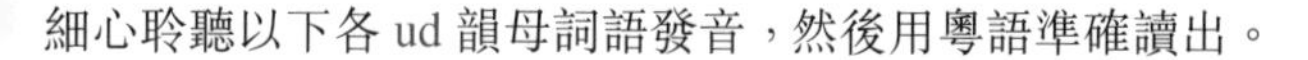

細心聆聽以下各 ud 韻母詞語發音，然後用粵語準確讀出。

包括 bao[1] kud[3]	勃發 bud[6] fad[3]	撥開 bud[6] hoi[1]
沈沒 cem[4] mud[6]	闊落 fud[3] log[6]	茉莉 mud[6] léi[6]
末日 mud[6] yed[6]	泡沫 pou[5] mud[6]	活潑 wud[6] pud[3]

尖塞音韻母 êd 發音

發音從元音 ê 開始，嘴唇撮起成圓形，口腔半張開，舌頭在靠前及半低位置。向塞音韻尾 -d 時，**舌尖**向前接觸上齒齦，形成發音受阻的塞音。

- 普通話沒有 ê 這圓唇元音，此外 ê 在 êd 韻母中屬**短元音**，組成韻母後**發音時間更短**，講普通話人士尤其須注意發音。
- 舌尖塞音韻母 êd 只與聲母結合形成音節，如「出 cêd[1]」和「恤 sêd[1]」等。

母發音練習

細心聆聽以下各 êd 韻母詞語發音，然後用粵語準確讀出。

出術 cêd[1] sêd[6]	法律 fad[3] lêd[6]	效率 hao[6] lêd[2]
栗子 lêd[6] ji[2]	論述 lên[6] sêd[6]	率領 sêd[1] ling[5]
體恤 tei[2] sêd[1]	蟋蟀 xig[1] sêd[1]	卒之 zêd[1] ji[1]

香港粵語「出術」指使詐或耍花招。「卒之」即終於的意思。

尖塞音韻母 üd 發音

發 ü 元音時舌頭在最高靠硬顎處，並伸到最前端，雙唇合攏成圓形，嘴巴開口極小。滑向塞音韻尾 -d 時，舌尖向前接近上齒齦，形成發音受阻塞音。

- 在 üd 韻母中 ü 是個**長元音**，發音時間相對一般入聲韻母會稍長。
- 舌尖塞音韻母 üd 可獨立形成音節如「月 yud[6]」；或與聲母結合形成音節如「雪 xud[3]」等。

韻母發音練習

■ 細心聆聽以下各 üd 韻母詞語發音，然後用粵語準確讀出。

拙劣　jud^3 lüd^3	決絕　küd^3 jud^6	缺月　küd^3 yud^6
流血　leo^4 hüd^3	雪白　xud^3 bag^6	乙炔　yud^3 küd^3
閱讀　yud^6 dug^6	粵語　yud^6 yu^5	爭奪　zeng^1 düd^6

粵語舌根塞音韻母 ag、eg、ég、ig、og、ug、êg 的發音

粵語收 -g 韻尾 ag 、 eg 、 ég 、 ig 、 og 、 ug 、 êg 韻母都屬**舌根塞音韻母**。根塞音韻母特點，是發音時以**舌根抵住軟顎**讓氣流通道閉塞。粵語 -g 韻尾可和 o u 、 ê 、 ü 等**圓唇元音**結合成一系列的複合韻母。

舌根塞音韻母 ag 發音

發音時舌頭平放在最低及稍前位置，嘴巴大幅度張開，嘴唇平展，氣流經門讓聲帶振動發 a 音。滑向塞音韻尾 -g 時，**舌根**向後抵住軟顎，形成發音受阻塞音。

■ 舌根塞音韻母 ag 可獨立形成音節，如「握 ag^1」；也可與聲母結合形成節，如「客 hag^3」。

韻母發音練習

■ 細心聆聽以下各 ag 韻母詞語發音，然後用粵語準確讀出。

握手　ag^1 seo^2	伯伯　bag^3 bag^3	白宅　bag^6 zag^6
測驗　cag^1 yim^6	策劃　cag^3 wag^6	顧客　gu^3 hag^3
政策　jing^3 cag^3	蘿蔔　lo^4 bag^6	千百　qin^1 bag^3

舌根塞音韻母 eg 發音

發音時舌頭在中間略高於 a 位置，口腔張開及嘴唇平展，聲帶振動發出 e 音。滑向塞音韻尾 -g 時**舌根**往後抵住軟顎，阻塞氣流通道而形成塞音。

- 普通話沒有 e 這**短元音**，組合成複合韻母 eg 後，e 元音**變得更短**，相對其他入聲韻母收音時間更急促。
- 韻母 eg 可獨立形成音節，如「渥 eg^1」；或與聲母結合成音節，如「克 heg^1」。

韻母發音練習

細心聆聽以下各 eg 韻母詞語發音，然後用粵語準確讀出。

筆墨　bed^1 meg^6	不克　bed^1 heg^1	北極　beg^1 gig^6
品德　ben^2 deg^1	沉默　cem^4 meg^6	得失　deg^1 sed^1
特質　deg^6 zed^1	黑客　heg^1 hag^3	深刻　sem^1 heg^1

舌根塞音韻母 ég 發音

先從 é 開始發音，舌頭在半低位較前位置，口腔半開口，嘴唇平展，氣流通過聲門振動聲帶發聲。滑向發塞音韻尾 -g 時，**舌根**向後抵住軟顎，形成發音受阻的塞音。

- 舌根塞音韻母 ég 主要與聲母結合形成音節，如「笛 dég^6」和「石 ség^6」等。

韻母發音練習

細心聆聽以下各 ég 韻母詞語發音，然後用粵語準確讀出。

背脊　bui^3 jég^3	赤壁　cég^3 big^1	尺碼　cég^3 ma^5
汽笛　héi^3 dég^6	戲劇　héi^3 kég^6	劈開　pég^3 hoi^1
踢波　tég^3 bo^1	鐵石　tid^3 ség^6	船隻　xun^4 zég^3

粵語「背脊」指背部。「踢波」即打球。

舌根塞音韻母 ig 發音

發音從 i 開始，口腔半合口張開，嘴唇平展，舌頭位於前端及半高，氣流通過振動聲帶發聲。滑向塞音韻尾 -g 時，**舌根**往後抵住軟顎形成發音受阻塞音。

- **短元音** i 與塞音韻尾 -g 組成 ig 韻母時，**舌位**會變得**較低**，發音**更短**。

- 舌根塞音韻母 ig 可獨立形成音節，如「益 yid^{1}」；也可與聲母結合形成音節，如「色 xig^{1}」等。

韻母發音練習

- 細心聆聽以下各 ig 韻母詞語發音，然後用粵語準確讀出。

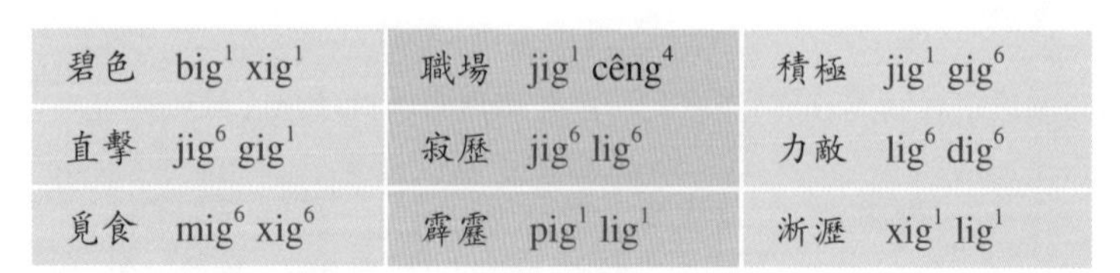

碧色　big^{1} xig^{1}	職場　jig^{1} cêng^{4}	積極　jig^{1} gig^{6}
直擊　jig^{6} gig^{1}	寂歷　jig^{6} lig^{6}	力敵　lig^{6} dig^{6}
覓食　mig^{6} xig^{6}	霹靂　pig^{1} lig^{1}	淅瀝　xig^{1} lig^{1}

舌根塞音韻母 og 發音

發音時嘴巴半張開，舌頭半低及靠後，嘴唇撮起成圓形，氣流通過振動聲帶發 o 元音。滑向塞音韻尾 -g 時，**舌根**往後抵住軟顎，形成發音受阻的塞音。

- 舌根塞音韻母 og 可獨立形成音節，如「惡 og^{3}」；也可與聲母結合形成音節，如「博 bog^{3}」等。

韻母發音練習

- 細心聆聽以下各 og 韻母詞語發音，然後用粵語準確讀出。

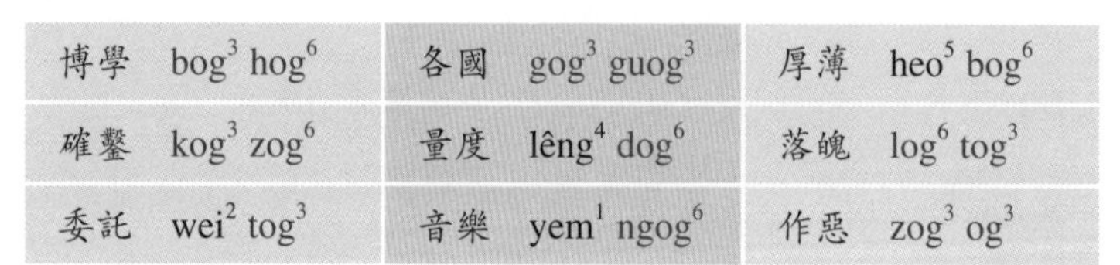

博學　bog^{3} hog^{6}	各國　gog^{3} guog^{3}	厚薄　heo^{5} bog^{6}
確鑿　kog^{3} zog^{6}	量度　lêng^{4} dog^{6}	落魄　log^{6} tog^{3}
委託　wei^{2} tog^{3}	音樂　yem^{1} ngog^{6}	作惡　zog^{3} og^{3}

舌根塞音韻母 ug 發音

從發元音 u 開始，舌頭在半高和最後，嘴唇撮起，口腔半合口，氣流振動聲帶發聲。滑向塞音韻尾 -g 時，**舌根**向後抵住軟顎，形成發音受阻礙的塞音。

- 元音 u 與塞音韻尾 -g 組成 ug 韻母時，**舌位**會變得較低及發音更短。
- 舌根塞音韻母 ug 可獨立形成音節，如「屋 ug^{1}」；也可與聲母結合形成音節，如「福 fug^{1}」。

母發音練習

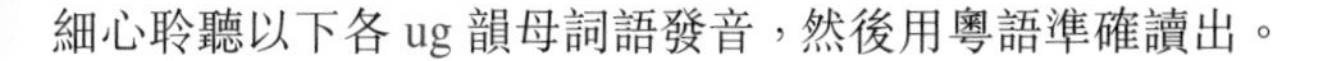
細心聆聽以下各 ug 韻母詞語發音，然後用粵語準確讀出。

卜築　bug¹ zug¹	獨宿　dug⁶ sug¹	偈促　gug⁶ cug¹
曲目　kug¹ mug⁶	六畜　lug⁶ cug¹	木屋　mug⁶ ug¹
肉粥　yug⁶ zug¹	浴足　yug⁶ zug¹	玉鐲　yug⁶ zug⁶

根塞音韻母 êg 發音

發音時嘴唇撮起成圓形，口腔半張開，舌頭半低及靠前，氣流振動聲帶發 ê 元
。滑向塞音韻尾 -g 時，**舌根**往後抵住軟顎，形成發音受阻的塞音。

- 舌根塞音韻母 êg 主要與聲母結合形成音節，如「腳 gêg³」和「若 yêg⁶」等。

母發音練習

細心聆聽以下各 êg 韻母詞語發音，然後用粵語準確讀出。

綽約　cêg³ yêg³	芍藥　cêg³ yêg⁶	粗略　cou¹ lêg⁶
削弱　sêg³ yêg⁶	手腳　seo² gêg³	推卻　têu¹ kêg³
若干　yêg⁶ gon¹	衣著　yi¹ zêg³	雀躍　zêg³ yêg⁶

母辨析練習

粵語**帶入聲塞音韻尾**的複合韻母，較易混淆發音的是 ab、ad、ag 及 eb、
、eg 兩組韻母，還有是**主要元音相同**的 ib、id、ig 等韻母。以下是三組韻母的
音辨析練習。

粵語入聲塞音韻尾 -b 、 -d 、 -g 韻母發音對比

1. 細心聆聽以下各詞語讀音，然後用粵語依次準確讀出。小心區別韻母 ab 、 ad 、 ag 三者的發音差異。

ab 韻母		ad 韻母		ag 韻母	
插	cab3	擦	cad3	策	cag3
臘	lab6	辣	lad6	勒	lag6
圾	sab3	殺	sad3	索	sag3
褶	zab3	札	zad3	窄	zag3

2. 細心聆聽以下各詞語讀音，然後用粵語依次準確讀出。小心區別韻母 eb 、 ed 、 eg 三者的發音差異。

eb 韻母		ed 韻母		eg 韻母	
恰	heb1	乞	hed1	黑	heg1
耷	deb1	腯	ded1	得	deg1
濕	seb1	失	sed1	塞	seg1
汁	zeb1	質	zed1	則	zeg1

3. 細心聆聽以下各詞語讀音，然後用粵語依次準確讀出。小心區別韻母 ib 、 id 、 ig 三者的發音差異。

ib 韻母		id 韻母		ig 韻母	
蝶	dib6	秩	did6	敵	dig6
夾	gib6	傑	gid6	極	gig6
獵	lib6	烈	lid6	力	lig6
頁	yib6	熱	yid6	液	yig6

細心聆聽音檔讀音，並在下列標示拼音空位處填上正確的韻母。

指壓	ji^{2} ______^{3}	紙鴨	ji^{2} ______^{3}
八年	b______^{3} nin^{4}	百年	b______^{3} nin^{4}
湖筆	wu^{4} b______^{1}	湖北	wu^{4} b______^{1}
考核	hao^{2} h______^{6}	巧合	hao^{2} h______^{6}
執拾	z______^{1} s______^{6}	質實	z______^{1} s______^{6}
綠蝶	lug^{6} d______^{6}	六秩	lug^{6} d______^{6}

粵普韻母對應

普通話沒有粵語的**入聲塞音韻尾韻母**，故此與普通話的對應關係較複雜。粵語 17 個入聲塞音韻尾韻母，主要對應於普通話**以元音結尾**的韻母。以下是粵語上述各入聲韻母與普通話對應情況的表列：

粵語韻母	普通話主要對應韻母	普通話其他對應韻母
ab	a、ia	i、e
eb	i、e	ia、ei、u
ib	ie、e	ian、i
ad	a、ua、ia	e、o、uo
ed	i、u	e、a、ü、ia、üe、o、ie
id	ie、e	i、üe
od	e	
ud	o、uo	a、ei、i
êd	u、ü、uai、i	a、e、uo
üd	üe、uo	ie、u、uei、i、uai

粵語韻母	普通話主要對應韻母	普通話其他對應韻母
ag	e、ai、o、a	uo、i、ua
eg	e、o、ei	ai、uo
ég	i	an、ü、uo
ig	i	e、ie
og	uo、e、o	üe、ao、u、iao、a
ug	u、ü	uo、ou、iou、ao
êg	uo、ü、iao	ao

除上述粵普韻母對應關係外，以下歸納常見粵普韻母對應的情況：

1. 粵語所有 od 韻母，**全部對應**於普通話 e 韻母。

粵語 od 韻母 ——→ 普通話 e 韻母

以下是一些普通話屬 e 韻母，而粵語屬 od 韻母的常見字：

	普通話	粵語
割	gē	god^3
葛	gé	god^3
喝	hē	hod^3
曷	hé	hod^3
褐	hè	hod^3
渴	kě	hod^3

粵語入聲 ég 韻母的字，主要對應於普通話 i 韻母的字。

粵語 ég 韻母 ——→ 普通話 i 韻母

以下是一些普通話屬 i 韻母，而粵語則屬 ég 韻母的常見字：

	普通話	粵語
吃	chī	hég^{3}
尺	chǐ	cég^{3}
笛	dí	dég^{6}
劈	pī	pég^{3}
踢	tī	tég^{3}
錫	xī	ség^{3}

粵語入聲 ig 韻母的字，主要對應於普通話 i 韻母的字。

粵語 ig 韻母 ——→ 普通話 i 韻母

以下是一些普通話屬 i 韻母，而粵語則屬 ig 韻母的常見字：

	普通話	粵語
壁	bì	big^{1}
碧	bì	big^{1}
激	jī	gig^{1}
績	jì	jig^{1}
即	jí	jig^{1}
識	shí	xig^{1}

粵普韻母差異辨別

■ 選取以下詞語所標示的正確拼音，在答案的空位上加上 ✓ 號。

失實	shi^{1} shi^{2}	______	si^{1} si^{2}	______	sed^{1} sed^{6}	______
劈石	pi^{1} shi^{2}	______	péi^{3} séi^{6}	______	pég^{3} ség^{6}	______
白色	bai^{6} se^{1}	______	bai^{6} xig^{1}	______	bag^{6} xig^{1}	______
缺頁	küd^{3} yib^{6}	______	qüd^{3} yeb^{6}	______	que^{3} ye^{6}	______
急逼	ji^{1} bi^{1}	______	jib^{1} big^{1}	______	geb^{1} big^{1}	______
學識	hug^{6} shi^{1}	______	hog^{6} xig^{1}	______	heg^{6} xig^{1}	______
吃喝	hi^{3} he^{3}	______	hé^{3} ho^{3}	______	hég^{3} hod^{3}	______
沒落	mo^{4} luo^{4}	______	mu^{6} log^{6}	______	mud^{6} log^{6}	______

誦詞學粵語

■ 聆聽錄音及學習試用粵語吟誦以下宋詞，然後在右面空格內，分別寫上詩詞內屬於粵語入聲塞音韻尾 -b 、 -d 、 -g 韻母的字。

夢後樓臺高鎖，酒醒簾幕低垂。去年春恨卻來時。落花人獨立，微雨燕雙飛。

記得小蘋初見，兩重心字羅衣。琵琶弦上説相思。當時明月在，曾照彩雲歸。

—— 晏幾道《臨江仙》

-b ______

-d ______

-g ______

______

答 案

韻母辨析練習

4. 細心聆聽音檔讀音，並在下列標示拼音空位處填上正確的韻母。

指壓	ji^2 __ad__ ^{3}	紙鴨	ji^2 __ab__ ^{3}
八年	b__ad__ ^{3} nin^4	百年	b__ag__ ^{3} nin^4
湖筆	wu^4 b__ed__ ^{1}	湖北	wu^4 b__eg__ ^{1}
考核	hao^2 h__ed__ ^{6}	巧合	hao^2 h__eb__ ^{6}
執拾	z__eb__ ^{1} s__eb__ ^{6}	質實	z__ed__ ^{1} s__ed__ ^{6}
綠蝶	lug^6 d__ib__ ^{6}	六秩	lug^6 d__id__ ^{6}

粵普韻母差異辨別

選取以下詞語所標示的正確拼音，在答案的空位上加上 ✓ 號。

詞語						
失實	shi^1 shi^2		si^1 si^2		sed^1 sed^6	✓
劈石	pi^1 shi^2		péi^3 séi^6		pég^3 ség^6	✓
白色	bai^6 se^1		bai^6 xig^1		bag^6 xig^1	✓
缺頁	küd^3 yib^6	✓	qüd^3 yeb^6		que^3 ye^6	
急逼	ji^1 bi^1		jib^1 big^1		geb^1 big^1	✓
學識	hug^6 shi^1		hog^6 xig^1	✓	heg^6 xig^1	
吃喝	hi^3 he^3		hé^3 ho^3		hég^3 hod^3	✓
沒落	mo^4 luo^4		mu^6 log^6		mud^6 log^6	✓

誦詞學粵語

■ 聆聽錄音及學習試用粵語吟誦以下宋詞，然後在右面空格內，分別寫上詩詞內屬於粵語入聲塞音韻尾 -b 、 -d 、 -g 韻母的字。

夢後樓臺高鎖，酒醒簾幕低垂。去年春恨卻來時。落花人獨立，微雨燕雙飛。

記得小蘋初見，兩重心字羅衣。琵琶弦上說相思。當時明月在，曾照彩雲歸。

—— 晏幾道《臨江仙》

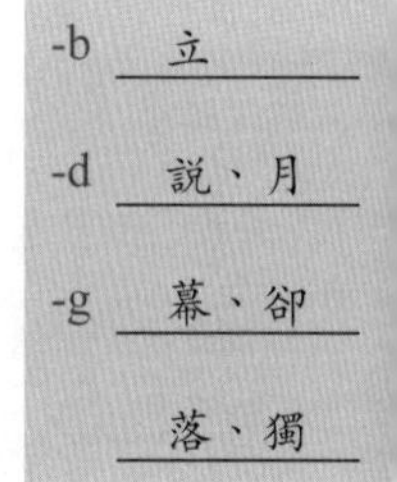

-b 韻尾韻母 立 leb6

-d 韻尾韻母 說 xud3 、月 yud6

-g 韻尾韻母 幕 mog6 、卻 kêg3 、落 log6 、獨 dug6

第十七課

難發音韻母之一——雙唇鼻音韻母 m 及 -m、-b 韻尾韻母

語音特點簡介

對講普通話人士來説，粵語有些韻母特別難以掌握，尤其在發音時會遇上不少困難。這其中問題大概可分兩方面説明：

1. 粵語有些韻母**根本是普通話所沒有**的，如 e、ê、oi 等韻母及其一系列的複合韻母，還有**雙唇音** -m、-b 韻母，與收 -b、-d、-g 等**入聲韻母**便都如此。

2. 粵語有些**表面上和普通話一樣**的韻母，但發音上卻相差十分遠，如 en、ing 等韻母便屬於這一類。

有關個別韻母的發音特點和方法，以上課文中都已具體説明過，以下針對教學所見學員感到較困難的韻母，從發音特點及對照角度説明問題，相信有助學習時更好掌握粵語發音。本課先講對初學者發音最感困難的**雙唇音韻母**問題。

雙唇音韻母發音要點

雙唇音韻母發音的最大特色，是在收音時上下唇都會完全合上，由**雙唇閉合**做成阻礙發音。粵語雙唇音韻母包括以下三種：

第一種　雙唇鼻音收 -m 韻尾的 am、em、im 等鼻音韻母。

第二種　雙唇塞音收 -b 韻尾的 ab、eb、ib 等入聲韻母。

第三種　自成音節雙唇鼻音韻母 m。

這種閉合雙唇的發音方法見於古漢語，一直保存在粵語音系中。由於普通話沒有這種發音方式，而且使用程度高，故此是學習粵語時首要解決的發音問題。

粵語雙唇音韻母 m 及 -m、-b 韻尾韻母的發音

粵語**雙唇鼻音韻母** am、em、im 及**入聲韻母** ab、eb、ib，還有**自成音節鼻音韻母** m，都屬雙唇音韻母。三種雙唇音韻母可分為以下兩類發音方法：

雙唇音韻尾韻母 am、em、im、ab、eb、ib 發音

以上韻母內的 -m 和 -b 都屬**雙唇音韻尾**，發音時先從韻腹 a、e、i 等**元音**開始。發音時嘴巴先張開，氣流經聲門振動聲帶發出不同元音後，滑向發雙唇音韻尾時才將**上下唇閉合**，做成阻礙發出各韻母的不同音色。

雙唇鼻音韻母 m 發音

自成音節韻母 m 是可獨立發聲的雙唇鼻音韻母。發音時先閉合上下唇阻塞氣流通路，軟顎下垂打開鼻腔通道，同時聲帶振動讓氣流通過鼻腔發聲。

韻母 m 發音最大特點是**直接發雙唇音**，不必像 am 等雙唇音韻尾韻母到**收音**時才發雙唇音。

韻母發音練習

1. 細心聆聽以下各雙唇音韻母詞語發音，然後用粵語準確讀出。
   - 聆聽時注意兩種雙唇音韻母發音的差異，在朗讀時盡量區分自成音節韻母 m 和雙唇音 -m、-b 韻尾的不同收音方式。

唔敢　m4 gem2	唔諗　m4 nem2	唔啱　m4 ngam1
唔貪　m4 tam1	唔飲　m4 yem2	唔答　m4 dab3
唔夾　m4 gab3	唔急　m4 geb1	唔合　m4 heb6

粵語「唔諗」即不想，「唔啱」即不對，「唔夾」即合不來。

粵語雙唇音 -m、-b 韻尾韻母的發音差別

-m 和 -b 兩種雙唇音韻尾的發音差異，在於 -m 屬**雙唇鼻音韻尾**，發 am、em、im 等韻母時軟顎下垂，打開鼻腔通道，氣流經鼻腔流出發聲；而 -b 則屬**雙唇塞音韻尾**，發 ab、eb、ib 等韻母時軟顎上升，堵塞鼻腔通路，發出元音後，上下唇才緊閉做成發音阻礙的塞音。

韻母發音練習

1. 細心聆聽以下各雙唇音韻母詞語發音，然後用粵語準確讀出。
   - 聆聽時注意兩種雙唇音韻母發音的差異，在朗讀時盡量區分各 -m 和 -b 韻尾字，分別發鼻音及塞音的不同收音方式。

侵襲　cem^{1} zab^{6}	接站　jib^{3} zam^{6}	黏貼　nim^{1} tib^{3}
膽汁　dam^{2} zeb^{1}	藍蝶　lam^{4} dib^{2}	深入　sem^{1} yeb^{6}
錦盒　gem^{2} heb^{2}	林立　lem^{4} lab^{6}	習染　zab^{6} yim^{5}

入聲「盒」和「蝶」口頭變調讀第二聲，詳見第五課粵語的變調內入聲變調說明。

2. 細心聆聽音檔讀音，區分各 -m 和 -b 韻尾字發音，並在下列詞語音標空位填上正確的韻尾。

杉枝	ca____^{3} ji^{1}	插枝	ca____^{3} ji^{1}
驛站	yig^{6} za____^{6}	逆襲	yig^{6} za____^{6}
侵襲	ce____^{1} za____^{6}	輯集	ce____^{1} za____^{6}
心急	sem^{1} ge____^{1}	心甘	sem^{1} ge____^{1}
任職	ye____^{6} jig^{1}	入職	ye____^{6} jig^{1}
實業	sed^{6} yi____^{6}	實驗	sed^{6} yi____^{6}

粵普韻母對應

普通話沒有 -m 和 -b 這類**雙唇音韻尾**韻母，又因這類韻母對應於普通話其不同韻母，故此易受影響而讀錯。以下是這兩類韻母與普通話韻母對應的說明，常見字例表列，熟習後對解決粵語 -m 和 -b 韻尾韻母發音問題會有幫助。

粵語 -m 韻尾韻母的粵普對應

粵語**雙唇音韻尾** -m 韻母，在普通話中全變成收**鼻音** -n 韻尾韻母。粵語 am、em、im 韻母與普通話的對應關係如下：

普通話 an、ian 韻母 ——→ 粵語 am 韻母

普通話 in、an、en 韻母 ——→ 粵語 em 韻母

普通話 ian、an 韻母 ——→ 粵語 im 韻母

以下是粵語雙唇音 -m 韻尾韻母，對應於普通話各主要韻母的常見字例：

(一) 與粵語 am 韻母對應的普通話韻母例字

- 細心聆聽以下各 am 韻母字詞發音，然後用粵語準確讀出。

普通話韻母 an	參	cam^{1}	慘	cam^{2}	慚	cam^{4}
	擔	dam^{1}	膽	dam^{2}	淡	dam^{6}
	籃	lam^{4}	濫	lam^{5}	南	nam^{4}
	男	nam^{4}	三	sam^{1}	貪	tam^{1}
普通話韻母 ian	監	gam^{1}	減	gam^{2}	鑑	gam^{3}
	銜	ham^{4}	鹹	ham^{4}	艦	lam^{6}

(二) 與粵語 em 韻母對應的普通話韻母例字

- 細心聆聽以下各 em 韻母字詞發音，然後用粵語準確讀出。

普通話韻母 in	侵	cem^{1}	今	gem^{1}	金	gem^{1}
	禁	gem^{3}	琴	kem^{4}	林	lem^{4}
	心	sem^{1}	陰	yem^{1}	音	yem^{1}
	欽	yem^{2}	吟	yem^{4}	浸	zem^{3}
普通話韻母 an	暗	em^{3}	甘	gem^{1}	柑	gem^{1}
	敢	gem^{2}	感	gem^{2}	堪	hem^{1}
	砍	hem^{2}	含	hem^{4}	酣	hem^{4}

普通話韻母 en	沉	cem^{4}	森	sem^{1}	深	sem^{1}
	審	sem^{2}	甚	sem^{6}	任	yem^{6}
	針	zem^{1}	枕	zem^{2}	怎	zem^{2}

(三) 與粵語 im 韻母對應的普通話韻母例字

■ 細心聆聽以下各 im 韻母字詞發音，然後用粵語準確讀出。

普通話韻母 ian	點	dim^{2}	店	dim^{3}	兼	gim^{1}
	謙	him^{1}	險	him^{2}	欠	him^{3}
	尖	jim^{1}	漸	jim^{6}	臉	lim^{5}
	念	nim^{6}	添	tim^{1}	甜	tim^{4}
普通話韻母 an	沾	jim^{1}	陝	xim^{2}	淹	yim^{2}
	厭	yim^{3}	嚴	yim^{4}	鹽	yim^{4}
	染	yim^{5}	豔	yim^{6}	驗	yim^{6}

粵語 -b 韻尾韻母的粵普對應

粵語收**雙唇音 -b 韻尾**的韻母，在普通話中全變成**元音**或收**元音韻尾韻母**，粵語 ab、eb、ib 韻母與普通話的對應關係如下：

普通話 a、ia 韻母 ──→ 粵語 ab 韻母

普通話 i、e 韻母 ──→ 粵語 eb 韻母

普通話 ie、e 韻母 ──→ 粵語 ib 韻母

以下是粵語雙唇音 -b 韻尾韻母，對應於普通話各主要韻母的常見字例：

（一）與粵語 ab 韻母對應的普通話韻母例字

細心聆聽以下各 ab 韻母字詞發音，然後用粵語準確讀出。

普通話韻母 a	插	cab3	搭	dab3	答	dab3
	夾	gab3	臘	lab6	納	nab6
	塌	tab3	踏	dab6	塔	tab3
	雜	zab6	閘	zab6	眨	zab3
普通話韻母 ia	夾	gab3	甲	gab3	鴨	ab3
普通話韻母 i	圾	sab3	習	zab6	襲	zab6

二）與粵語 eb 韻母對應的普通話韻母例字

細心聆聽以下各 eb 韻母字詞發音，然後用粵語準確讀出。

普通話韻母 i	輯	ceb1	急	geb1	級	keb1
	及	keb6	給	keb1	粒	leb1
	濕	seb1	十	seb6	拾	seb6
	吸	keb1	汁	zeb1	執	zeb1
普通話韻母 e	合	heb6	盒	heb2	澀	seb1
普通話韻母 ia	洽	heb1	恰	heb1	俠	heb6

三）與粵語 ib 韻母對應的普通話韻母例字

細心聆聽以下各 ib 韻母字詞發音，然後用粵語準確讀出。

普通話韻母 ie	疊	dib6	蝶	dib6	接	jib3
	劫	gib3	獵	lib6	怯	hib3
	貼	tib3	帖	tib3	協	hib3
	葉	yib6	業	yib6	頁	yib6

普通話韻母 e	攝	xib^3	涉	xib^3	摺	jib^3
普通話韻母 ian	歉	hib^3				

粵普韻母差異辨別

■ 選取以下詞語所標示的正確拼音，在答案的空位上加上 ✓ 號。

摺頁	zhe^3 ye^6	________	je^3 yi^6	________	jib^3 yib^6	________
執拾	zi^1 si^6	________	ze^1 se^6	________	zeb^1 seb^6	________
三粒	san^1 li^1	________	san^1 leb^1	________	sam^1 leb^1	________
尖塔	jim^1 tab^3	________	jin^1 ta^3	________	$jian^1$ tab^3	________
集合	ji^6 he^6	________	zab^6 heb^6	________	zeb^6 hib^6	________
參雜	can^1 za^6	________	can^1 zab^6	________	cam^1 zab^6	________
惦念	$dian^3$ $nian^6$	________	dan^3 nan^6	________	dim^3 nim^6	________
接洽	jie^3 qia^1	________	jib^3 heb^1	________	ji^3 he^1	________

吟詩學粵語

■ 聆聽錄音及學習試用粵語吟誦以下詩詞，然後在右面空格內，分別寫上詩詞內屬於雙唇鼻音收 -m 韻尾，及雙唇塞音收 -b 韻母的字。

玉露凋傷楓樹林，巫山巫峽氣蕭森。
江間波浪兼天涌，塞上風雲接地陰。
叢菊兩開他日淚，孤舟一系故園心。
寒衣處處催刀尺，白帝城高急暮砧。

—— 杜甫《秋興八首》其一

-m ______________
____
-b ______________
____

答 案

韻母發音練習

粵語雙唇音 -m 、 -b 韻尾韻母辨析

1. 細心聆聽音檔讀音，區分各 -m 和 -b 韻尾字發音，並在下列詞語音標空位填上正確的韻尾。

杉枝	ca__m__^{3} ji^{1}	插枝	ca__b__^{3} ji^{1}
驛站	yig^{6} za__m__^{6}	逆襲	yig^{6} za__b__^{6}
侵襲	ce__m__^{1} za__b__^{6}	輯集	ce__b__^{1} za__b__^{6}
心急	sem^{1} ge__b__^{1}	心甘	sem^{1} ge__m__^{1}
任職	ye__m__^{6} jig^{1}	入職	ye__b__^{6} jig^{1}
實業	sed^{6} yi__b__^{6}	實驗	sed^{6} yi__m__^{6}

粵普韻母差異辨別

選取以下詞語所標示的正確拼音，在答案的空位上加上 ✓ 號。

摺頁	zhe^{3} ye^{6}		je^{3} yi^{6}		jib^{3} yib^{6}	✓
執拾	zi^{1} si^{6}		ze^{1} se^{6}		zeb^{1} seb^{6}	✓
三粒	san^{1} li^{1}		san^{1} leb^{1}		sam^{1} leb^{1}	✓
尖塔	jim^{1} tab^{3}	✓	jin^{1} ta^{3}		jian^{1} tab^{3}	
集合	ji^{6} he^{6}		zab^{6} heb^{6}	✓	zeb^{6} hib^{6}	
參雜	can^{1} za^{6}		can^{1} zab^{6}		cam^{1} zab^{6}	✓
惦念	dian^{3} nian^{6}		dan^{3} nan^{6}		dim^{3} nim^{6}	✓
接洽	jie^{3} qia^{1}		jib^{3} heb^{1}	✓	ji^{3} he^{1}	

吟詩學粵語

- 聆聽錄音及學習試用粵語吟誦以下詩詞，然後在右面空格內，分別寫上詩詞內屬於雙唇鼻音收 -m 韻尾，及雙唇塞音收 -b 韻母的字。

玉露凋傷楓樹林，巫山巫峽氣蕭森。
江間波浪兼天湧，塞上風雲接地陰。
叢菊兩開他日淚，孤舟一系故園心。
寒衣處處催刀尺，白帝城高急暮砧。

—— 杜甫《秋興八首》其一

-m 林、森、兼
陰、心、砧
-b 峽、接、急

-m 韻母　林 lem^4、森 sem^1、兼 gim^1、陰 yem^1、心 sem^1、砧 zem^1

-b 韻母　峽 hab^6、接 jib^3、急 geb^1

第十八課

難發音韻母之二——oi、in、ing 韻母

語音特點簡介

對講普通話人士來說，粵語中不易掌握的還有**普通話所無**的 oi 韻母，另外韻母 in 和 ing 則是**粵普對應**相差懸遠，或是**發音有重大區別**，因而學習上尤其困難的粵語韻母。以下會從發音特點及對照角度重點針對上述韻母說明問題，幫助解決這些學習上所面對的困難。

粵語 oi 韻母發音要點

粵語 oi 韻母是普通話沒有的韻母，然而組成的字卻不少。由於對應普通話時都變成發音差別較大的韻母，所以初學者經常會讀錯 oi 韻母的字。以下是粵語 oi 韻母發音特色，及與普通話對應的有關說明。

粵語 oi 韻母發音

發元音 o 時舌頭處於半低位並靠後，嘴巴半張開，嘴唇合攏。過渡到發元音 i 時，舌頭升起及向前，嘴唇平展並將嘴巴張開幅度收小，便可準確讀出 oi 韻母。

- 其中的 o 屬**長元音**，國際音標標示為 [ɔ]，發音時比普通話的 o[o] 元音**舌位**要更低，**開口度**也較大一些。

粵語韻母 oi 發音難點及掌握方法

想準確掌握粵語韻母 oi 發音的話，可以注意以下幾方面：

1. 韻母 oi 的主要元音 o 是**圓唇音**，一開始發韻腹 o 時先將**嘴唇撮起**成圓形，不能將嘴唇向兩邊舒展。

2. 主要元音 o 是個**舌位**半低及半開口的後元音，開始發音時舌頭位置要比發**普通話** o 元音**較後**及**略低**，嘴巴的張開程度也**較大**。尤其要注意不能受普通話影響而舌頭變得靠前。

粵普韻母對應

普通話沒有 oi 這個韻母，粵語屬於 oi 韻母的字，在普通話中大多數都屬於 ai 韻母，有極少數屬於 ei 韻母或 uai 韻母。

粵語 oi 韻母的粵普對應

粵語的 oi 韻母對應普通話 ai、ei、uai 等韻母，其中以對應 ai 韻母的佔絕大部分，對應韻母 ei 或 uai 的僅佔極小部分。以上粵普對應關係可表示如下：

普通話 ai、ei、uai 韻母 ──→ 粵語 oi 韻母

以下是粵語 oi 韻母，對應於普通話各主要韻母的常見字例：

與粵語 oi 韻母對應的普通話韻母例字

細心聆聽以下各 oi 韻母字詞發音，然後用粵語準確讀出。

普通話韻母 ai	哀	oi1	愛	oi3	採	coi2
	菜	coi3	才	coi4	袋	doi2
	代	doi6	該	goi1	改	goi2
	開	hoi1	海	hoi2	害	hoi6
	概	koi3	來	loi4	耐	noi6
	台	toi4	再	zoi3	在	zoi6
普通話韻母 ei	誄	loi6	內	noi6		
普通話韻母 uai	外	ngoi6				

粵語 oi 韻母的粵普發音差異

粵語韻母 oi 大部分對應普通話的 ai 韻母，由於兩個韻母發音上差別較大，
講普通話為主的人尤其難讀準 oi 韻母的發音。

- 粵語韻母 oi 發音和普通話最大分別在**主要元音**不同。粵語 oi 韻母中
  o 屬**圓唇**半低舌位的**後元音**，普通話 ai 韻母中的 a 屬**不圓唇**低舌位的
  元音。
- 因為發音差距不少，故此粵語初學者講 oi 韻母字時，經常因**嘴唇**及**舌頭**
  置不同而發錯音，如將「我愛 oi^3 你」，講成「我嗌 ai^3 你」(「嗌」即叫喚)

在粵普對應之下，必須多練習 oi 韻母發音方式並熟悉對應字詞，才會順利
服上述發音困難。

韻母發音練習

粵語 oi 韻母與 ai 韻母發音對比

粵語 oi 韻母的字，在普通話中幾乎全屬 ai 韻母，然而普通話 ai 韻母的字，
對應於粵語 ai 和 oi 兩韻母：

普通話 ai 韻母 ——→ 粵語 ai 、 oi 韻母

以下是對應普通話 ai 韻母的粵語韻母常用字舉例，熟記會有助將普通話 ai
母的字，準確轉變成粵語 ai 和 oi 兩不同韻母。

- 細心聆聽以下各詞語讀音，然後用粵語依次準確讀出。小心區別韻母
  ai 、 oi 兩者的發音差異。

	粵語 ai 韻母		粵語 oi 韻母	
普通話 ai 韻母	唉	ai1	哀	oi1
	柴	cai4	才	coi4
	大	dai6	代	doi6
	楷	gai1	該	goi1
	捱	ngai4	呆	ngoi4
	債	zai3	再	zoi3

粵語 in 及 ing 韻母發音要點

普通話和粵語音系內都有 in 和 ing 兩**鼻音韻母**，然而兩者發音有頗大差異，令初學者在學習 in 和 ing 韻母發音時有不少的難度。

粵語 in 及 ing 韻母的發音

粵普音系中同樣有 in 和 ing 兩個韻母，粵語 in 和 ing 韻母在學習上成為難點的主要原因如下：

- **粵普對應的重大差異** ── 粵語 in 韻母與普通話 in 韻母**完全沒有直接對應關係**，所以初學者差不多必定讀錯。
- **對應韻母發音不同** ── 粵語 ing 韻母雖直接對應普通話的 ing 韻母，然而兩者發音卻頗為不同。
- **書面語和口頭讀音差異** ── 粵語 ing 韻母口頭讀音跟書面讀音大有區別。

粵語 in 與 ing 兩韻母，都屬學習時經常出錯的重大發音難點，尤須加倍留意兩者發音特色，及與普通話的對應關係等問題。

粵普韻母對應

普通話與粵語的 in 和 ing 兩鼻音韻母，在對應和發音方面的差異，往往都讓初學者容易讀錯。

粵語 in 韻母的粵普對應

粵語 in 韻母對應普通話的 an、ian、üan 等韻母，其中對應 ian 韻母的最多，少部分對應 an 韻母，僅個別對應 üan 韻母。以上對應關係可表示如下：

普通話 ian、an、üan 韻母 ——→ 粵語 in 韻母

以下是粵語 in 韻母與普通話對應韻母發音差異説明。

粵語 in 韻母的粵普發音差異

粵語 in 韻的主要元音 i 屬**高舌位**及**開口度最小**的元音，普通話對應的 an
ian、üan 韻母，主要元音 a 屬**低舌位**及**開口度最大**的元音，故此發音時須將嘴
開口度收小，舌頭靠前及提高到接近硬顎位置。

韻母發音練習

■ 細心聆聽以下各 in 韻母字詞發音，然後用粵語準確讀出。

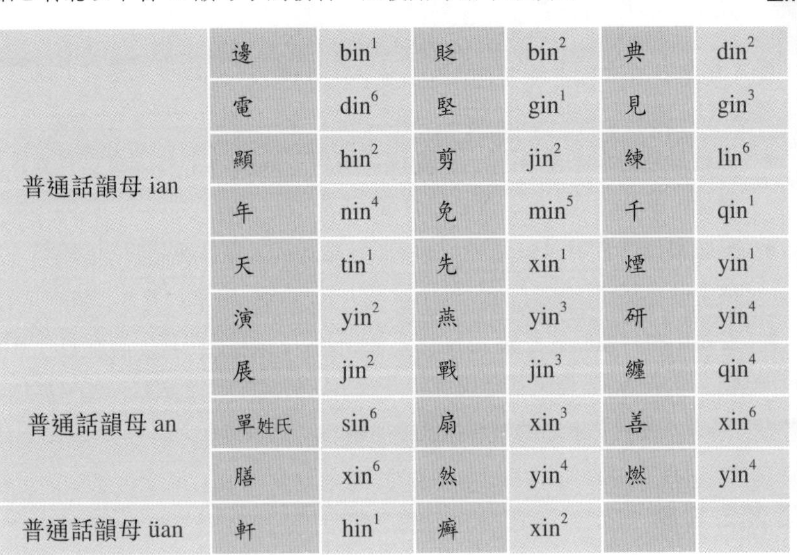

普通話韻母 ian	邊	bin¹	貶	bin²	典	din²
	電	din⁶	堅	gin¹	見	gin³
	顯	hin²	剪	jin²	練	lin⁶
	年	nin⁴	免	min⁵	千	qin¹
	天	tin¹	先	xin¹	煙	yin¹
	演	yin²	燕	yin³	研	yin⁴
普通話韻母 an	展	jin²	戰	jin³	纏	qin⁴
	單姓氏	sin⁶	扇	xin³	善	xin⁶
	膳	xin⁶	然	yin⁴	燃	yin⁴
普通話韻母 üan	軒	hin¹	癬	xin²		

粵語 ing 韻母的粵普差異

粵語的 ing 韻母對於普通話 ing、eng、in、en、ong、iong 等韻母，其中
應 ing 韻母佔大多數，部分對應 eng 韻母，極少部分對應 in、en、ong、iong

韻母。以上對應關係可表示如下：

普通話 ing、eng、in、en、ong、iong **韻母** ——→ **粵語** in **韻母**

以下是粵語 ing 韻母與普通話對應韻母發音差異説明，及常見用字舉例。

粵語 ing 韻母的粵普發音差異

雖然粵語 ing 韻母大部分直接對應普通話 ing 韻母，然而兩者發音其實明顯不同。粵語 ing 韻母的 i 元音屬**短元音**，發音時比普通話**開口度**更大，**舌位**也較後和低一些，**發音時間**也較短。

韻母發音練習

細心聆聽以下各 ing 韻母字詞發音，然後用粵語準確讀出。

普通話韻母 ing	冰	bing1	丁	ding1	定	ding6
	竟	ging2	敬	ging3	輕	hing1
	精	jing1	靜	jing6	傾	king1
	領	ling5	令	ling6	明	ming4
	寧	ning4	平	ping4	清	qing1
	姓	xing3	應	ying1	迎	ying4
普通話韻母 eng	徵	jing1	整	jing2	政	jing3
	稱	qing1	呈	qing4	聲	xing1
	升	xing1	勝	xing3	城	xing4
	成	xing4	盛	xing6	仍	ying4
普通話韻母 in	矜	ging1	勁	ging6	馨	hing1
	皿	ming5	拼	ping3	聘	ping3
普通話韻母 en	貞	jing1	偵	jing1	認	ying6
普通話韻母 ong	榮	wing4	永	wing5	泳	wing6
普通話韻母 iong	迥	guing2	兄	hing1	瓊	king4

粵語 in 與 ing 韻母發音對比

■ 細心聆聽音檔讀音，並在下列詞語音標空位上填上正確的韻母。

邊緣	b______^{1} yun^{4}	兵員	b______^{1} yun^{4}
青山	q______^{1} san^{1}	千山	q______^{1} san^{1}
搬遷	bun^{1} q______^{1}	搬清	bun^{1} q______^{1}
情人	q______^{4} yen^{4}	前人	q______^{4} yen^{4}
電力	d______^{6} lig^{6}	定力	d______^{6} lig^{6}
櫻花	y______^{1} fa^{1}	煙花	y______^{1} fa^{1}

粵語 ing 韻母與粵語的文白異讀

文白異讀即書面讀音和口頭讀音的差異，粵語文白異讀的情況頗為常見，
「使」字書面讀「xi^{2}」，口頭讀「sei^{2}」便是一例。粵語文白異讀情況，可同時見於
母、韻母或聲調之間。

粵語文白異讀其中較明顯的一個規律，是 ing 韻母和 éng 韻母的對應。粵語
少 ing 韻母的字屬**書面音**，與之相對應的**口音**多屬 éng 韻母。

粵語書面音 ing 韻母 ——→ 粵語口音 éng 韻母

以下是粵語 ing 韻母書面音和口音對應常見字的表列。小心聆聽及區分讀音
差異，有助掌握粵語最常見出現文白異讀的 ing 韻母發音。

韻母發音練習

粵語 ing 韻母書面音和口音發音

細心聆聽以下各 ing 韻母字詞的書面音和口音讀法，然後用粵語準確讀出。

例字	書面音	口音	例字	書面音	口音
餅	bing^2	béng^2	病	bing^6	béng^6
釘	ding^1	déng^1	頂	ding^2	déng^2
驚	ging^1	géng^1	輕	hing^1	héng^1
精	jing^1	zéng^1	正	jing^3	zéng^3
靈	ling^4	léng^4	領	ling^5	léng^5
命	ming^6	méng^6	平	ping^4	péng^4

粵普韻母差異辨別

選取以下詞語所標示的正確拼音，在答案的空位上加上 ✓ 號。

詞語			
海鮮	hai^2 xian^1 ________	hai^2 xin^1 ________	hoi^2 xin^1 ________
零件	ling^4 jian^2 ________	ling^4 jin^2 ________	ling^4 gin^2 ________
改編	gai^2 bian^1 ________	gai^2 bin^1 ________	goi^2 pin^1 ________
平台	ping^4 tai^4 ________	ping^4 toi^4 ________	pin^4 toi^4 ________
內線	nei^6 xian^3 ________	nei^6 xin^3 ________	noi^6 xin^3 ________
外電	wai^6 dian^6 ________	ngai^6 din^6 ________	ngoi^6 din^6 ________
晴天	qing^4 tin^1 ________	qing^4 tan^1 ________	qing^4 tian^1 ________
盛載	sheng^6 zai^3 ________	xing^6 zai^3 ________	xing^6 zoi^3 ________

K 歌學粵語

■ 聆聽錄音及跟唱以下粵語歌曲，然後在右面空格內，分別寫上歌詞內屬於 oi、in、ing 韻母的字。

再不問問一聲應否去愛　愛海內一切也應該
也不怕消失去　不會難替代　風聲裏都找到愛
未怕分開　縱使分開　亦都知美夢仍會在
何必感慨　誰會意外　此心不變還何曾改

——張學友、鄺美雲《只有情永在》

oi ____________
____
in ____________
ing ____________

答 案

韻母發音練習

粵語 in 與 ing 韻母發音對比

細心聆聽音檔讀音，並在下列詞語音標空位上填上正確的韻母。

邊緣	b_in_^{1} yun^{4}	兵員	b_ing_^{1} yun^{4}
青山	q_ing_^{1} san^{1}	千山	q_in_^{1} san^{1}
搬遷	bun^{1} q_in_^{1}	搬清	bun^{1} q_ing_^{1}
情人	q_ing_^{4} yen^{4}	前人	q_in_^{4} yen^{4}
電力	d_in_^{6} lig^{6}	定力	d_ing_^{6} lig^{6}
櫻花	y_ing_^{1} fa^{1}	煙花	y_in_^{1} fa^{1}

粵普韻母差異辨別

選取以下詞語所標示的正確拼音，在答案的空位上加上 ✓ 號。

海鮮	hai^{2} xian^{1}		hai^{2} xin^{1}		hoi^{2} xin^{1}	✓
零件	ling^{4} jian^{2}		ling^{4} jin^{2}		ling^{4} gin^{2}	✓
改編	gai^{2} bian^{1}		gai^{2} bin^{1}		goi^{2} pin^{1}	✓
平台	ping^{4} tai^{4}		ping^{4} toi^{4}	✓	pin^{4} toi^{4}	
內線	nei^{6} xian^{3}		nei^{6} xin^{3}		noi^{6} xin^{3}	✓
外電	wai^{6} dian^{6}		ngai^{6} din^{6}		ngoi^{6} din^{6}	✓
晴天	qing^{4} tin^{1}	✓	qing^{4} tan^{1}		qing^{4} tian^{1}	
盛載	sheng^{6} zai^{3}		xing^{6} zai^{3}		xing^{6} zoi^{3}	✓

K♪歌學粵語

■ 聆聽錄音及跟唱以下粵語歌曲，然後在右面空格內，分別寫上歌詞內屬於 oi in、 ing 韻母的字。

再不問問一聲應否去愛　愛海內一切也應該
也不怕消失去　不會難替代　風聲裏都找到愛
未怕分開　縱使分開　亦都知美夢仍會在
何必感慨　誰會意外　此心不變遷何曾改
——張學友、鄺美雲《只有情永在》

oi	再、愛、海、內、該、代、開、在、慨、外、改
in	變、遷
ing	聲、應、仍

oi　韻母 再 zoi^3、愛 oi^3、海 hoi^2、內 noi^6、該 goi^1、代 doi^6、開 hoi^1、在 zoi^6、慨 koi^3、外 $ngoi^6$、改 goi^2

in　韻母 變 bin^3、遷 qin^1

ing 韻母 聲 $sing^1$、應 $ying^1$、仍 $ying^4$

第十九課

難發音韻母之三——短元音 e 系列韻母

語音特點簡介

粵語音系中還有特別難掌握的韻母——由普通話所沒有的**短元音** e 所構成一系列較難發音的 ei 和 en 韻母，對講普通話為主的人來說，都是發音尤其困難的兩個韻母。

粵語 e 系列韻母發音要點

雖然**普通話**韻母中也有 e 元音，然而實際發音與**粵語** e 元音全然不同，粵語元音是與長元音 a 相對的**短元音**，國際音標以 [ɐ] 表示，普通話沒有這種發音。兩者組成的複合韻母發音也有差別。以下是標示國際音標的兩者發音比較：

粵語	e [ɐ]	ei [ɐi]	eo [ɐu]	en [ɐn]	eng [ɐng]
普通話	e [ɤ]	ei [ei]	ou [ou]	en [ən]	eng [əng]

- 粵語 e 元音組成複合韻母 ei 和 en，與普通話發音差異較大，對應情況也較複雜，是受普通話影響而較難掌握發音的兩個韻母。

粵語 ei 及 en 韻母發音

粵語元音 e 是個**極短**的元音，僅出現在複合韻母中。組成 ei 及 en 韻母後仍是**十分短**而**低舌位**的元音，令粵普間 ei 及 en 兩韻母發音出現差別，與普通話的對應也較複雜。

粵語韻母 ei 及 en 發音難點及掌握方法

對講普通話人士來説，由粵語韻母 ei 和 en 組成的音節發音都經常會出錯的。發音時可注意以下兩方面：

1. 主要元音 e 是個**極短**的元音，發 ei 和 en 韻母時，注意發音時間都應該相對短促。

2. 主要元音 e 在粵語中是個**低舌位**的**央元音**，有別於普通話的**高舌位**元音，在發 ei 和 en 韻母時注意舌頭應在**較低**及**靠中**位置。

韻母發音練習

細心聆聽以下各 ei 及 en 韻母詞語發音，然後用粵語準確讀出。

計分　gei^3 fen^1	西芹　sei^1 ken^2	替身　tei^3 sen^1
米粉　mei^5 fen^2	洗塵　sei^2 cen^4	遺訓　wei^4 fen^3
泥人　nei^4 yen^4	駛近　sei^2 ken^5	圍困　wei^4 kuen^3

粵語「替身」一般指電影代主角演出的演員。「芹」及「近」都依口頭變調讀法。

粵普韻母對應

粵語 ei 和 en 韻母在粵普通對應中，不但相同韻母發音有別，而且大部分對應韻母都不同。如以上練習內粵語「遺訓 wei^4 fen^3」一詞，普通話便唸作「yí xùn」，可見兩者對應的大相逕庭。

以下是粵語 ei 和 en 韻母，與普通話不同韻母對應的説明和常見字舉例，熟記有助解決這兩韻母的發音問題。

粵語 ei 韻母的粵普對應

粵語 ei 韻母近六成對應普通話 i 韻母，約三成多對應普通話的 uei 韻母，少數對應普通話的 ei 韻母，其餘個別對應普通話 ai、ie、e、ü、uai 等韻母。這一對應關係可表示如下：

普通話 i、uei、ei 韻母 ——→ 粵語 ei 韻母

以下是粵語 ei 韻母，對應於普通話上述各主要韻母的常見字例：

與粵語 ei 韻母對應的普通話韻母例字

■ 細心聆聽以下各 ei 韻母字詞發音，然後用粵語準確讀出。

普通話韻母 i	矮	ei^{2}	幣	bei^{6}	妻	cei^{1}
	砌	cei^{3}	低	dei^{1}	底	dei^{2}
	雞	gei^{1}	計	gei^{3}	季	guei^{3}
	係	hei^{6}	禮	lei^{5}	咪	mei^{5}
	泥	nei^{4}	藝	ngei^{6}	世	sei^{3}
	體	tei^{2}	替	tei^{3}	濟	zei^{3}
普通話韻母 uei	輝	fei^{1}	歸	guei^{1}	鬼	guei^{2}
	貴	guei^{3}	規	kuei^{1}	危	ngei^{4}
	威	wei^{1}	委	wei^{2}	慰	wei^{3}
	維	wei^{4}	偉	wei^{5}	衛	wei^{6}
普通話韻母 ei	廢	fei^{3}	費	fei^{3}	肺	fei^{3}
	沸	fei^{3}	吠	fei^{6}	袂	mei^{6}
普通話韻母 ai	逮	dei^{6}	篩	sei^{1}	仔	zei^{2}
普通話韻母 ie	砌	cei^{3}	携	kuei^{4}		

粵語 en 韻母的粵普對應

粵語 en 韻母接近三成多對應普通話 en 韻母，接近三成對應普通話 in 韻母，約一成半對應普通話 ün 韻母，約一成半對應普通話 uen 韻母，其餘少數對應普通話 eng、ing、iong、uei、ian、uan 等韻母。這一對應關係可表示如下：

普通話 en、in、ün、uen 韻母 ——→ 粵語 en 韻母

除對應較複雜外，還要注意粵普對應韻母間發音多有差異。以下是粵語 en 韻母對應於普通話各主要韻母的常見字例：

與粵語 en 韻母對應的普通話韻母例字

細心聆聽以下各 en 韻母字詞發音，然後用粵語準確讀出。

普通話韻母 en	奔	ben1	跟	gen1	診	cen2
	趁	cen3	陳	cen4	分	fen1
	粉	fen2	很	hen2	伸	sen1
	晨	sen4	慎	sen6	忍	yen2
	人	yen4	真	zen1	振	zen3
普通話韻母 in	賓	ben1	品	ben2	親	cen1
	斤	gen1	緊	gen2	勤	ken4
	近	ken5	民	men4	銀	ngen4
	貧	pen4	新	sen1	欣	yen1
普通話韻母 ün	訓	fen3	均	guen1	菌	kuen2
	群	kuen4	雲	wen4	勻	wen4
	暈	wen4	允	wen5	運	wen6
普通話韻母 uen	婚	fen1	滾	guen2	困	kuen3
	蚊	men1	文	men4	問	men6
	吞	ten1	温	wen1	魂	wen4

粵普韻母差異辨別

選取以下詞語所標示的正確拼音，在答案的空位上加上 ✓ 號。

底蘊	di2 yun3 ________	dei2 yen3 ________	dei2 wen3 ________
人齊	ren4 qi4 ________	yen4 qi4 ________	yen4 cei4 ________
身體	sen1 tei2 ________	shen1 tei2 ________	shen1 ti2 ________

新聞	xin¹ wen²	________	sen¹ men²	________	shen¹ men²	________
雲梯	wen⁴ tei¹	________	yen⁴ tei¹	________	yun⁴ ti¹	________
婚禮	hun¹ li⁵	________	hen¹ li⁵	________	fen¹ lei⁵	________
濟世	ji³ shi³	________	ji³ sei³	________	zei³ sei³	________
矮仔	ai² zi²	________	ai² zei²	________	ei² zei²	________

吟詩學粵語

■ 聆聽錄音及學習試用粵語吟誦以下詩詞，然後在右面空格內，分別寫上詩詞內屬於粵語 e 系列 ei 、 en 韻母的字。

人生到處知何似，應似飛鴻踏雪泥。
泥上偶然留指爪，鴻飛那復計東西。
老僧已死成新塔，壞壁無由見舊題。
往日崎嶇還記否，路長人困蹇驢嘶。

—— 蘇軾《和子由澠池懷舊》

ei ________________

____

en ________________

____

答案

粵普韻母差異辨別

選取以下詞語所標示的正確拼音，在答案的空位上加上 ✓ 號。

詞語	拼音		拼音		拼音	
底蘊	di^2 yun^3		dei^2 yen^3		dei^2 wen^3	✓
人齊	ren^4 qi^4		yen^4 qi^4		yen^4 cei^4	✓
身體	sen^1 tei^2	✓	shen^1 tei^2		shen^1 ti^2	
新聞	xin^1 wen^2		sen^1 men^2	✓	shen^1 men^2	
雲梯	wen^4 tei^1	✓	yen^4 tei^1		yun^4 ti^1	
婚禮	hun^1 li^5		hen^1 li^5		fen^1 lei^5	✓
濟世	ji^3 shi^3		ji^3 sei^3		zei^3 sei^3	✓
矮仔	ai^2 zi^2		ai^2 zei^2		ei^2 zei^2	✓

詩學粵語

聆聽錄音及學習試用粵語吟誦以下詩詞，然後在右面空格內，分別寫上詩詞內屬於粵語 e 系列 ei 、 en 韻母的字。

人生到處知何似，應似飛鴻踏雪泥。
泥上偶然留指爪，鴻飛那復計東西。
老僧已死成新塔，壞壁無由見舊題。
往日崎嶇還記否，路長人困蹇驢嘶。

——蘇軾《和子由澠池懷舊》

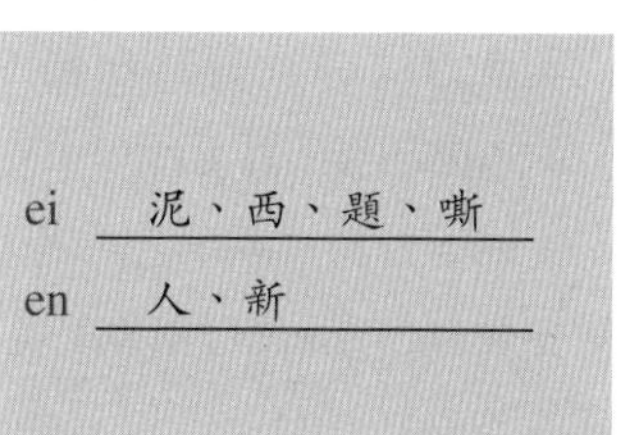

ei 韻母 泥 nei^4 、西 sei^1 、題 tei^4 、嘶 sei^4

en 韻母 人 yen^4 、新 sen^1

第二十課

難發音韻母之四——圓唇元音 ê 系列韻母

語音特點簡介

普通話單韻母 ê 雖然和粵語 ê 韻母有相似標音符號，但實際發音卻不同。普通話沒有粵語 ê 元音的這種發音，故此粵語 ê 韻母及所構成一系列複合韻母的發音，以至與普通話間複雜的對應，都是習慣講普通話的初學者，在粵語學習時必須面對的一大難點。

粵語 ê 系列韻母發音要點

粵語 ê 韻母由**半低舌位**，**半開口**的**圓唇長元音** ê 組成。粵語 ê 韻母與其他元音或輔音組成 êu 、ên 、êng 、êd 、êg 等 5 個複合韻母。倘若撇除普通話本來就沒有的入聲韻母，需要特別注意的是 ê 、êu 、ên 、êng 等韻母的發音特點和方法。

以下針對 ê 系列這 4 個韻母，依長短元音差別，分為**長元音** ê 、êng 韻母，及**短元音** êu 、ên 韻母兩組，先後説明各韻母的發音特點和方法。

粵語 ê 及 êng 韻母發音

由圓唇元音 ê 組成的粵語 ê 和 êng 韻母，兩者發音特點如下：

- 粵語 ê 和 êng 韻母中的 ê 都是**長元音**，國際音標標示實際音值是 [œ]，和普通話實際音值 [ɛ] 的 ê 韻母，在發音上有顯著不同。

	韻母標音符號	實際音值
普通話	ê	ε
粵語 ê、êng	ê	œ

- 粵語 ê 元音是個**圓唇音**，構成 ê 及 êng 韻母後，發音時要將**嘴唇收攏**成圓形，如果受普通話**不圓唇音** ê 韻母影響，便容易讀錯粵語一系列 ê 韻母字音。

粵普韻母對應

普通話沒有粵語 ê 這種**半低舌位**的**圓唇元音**，構成韻母後在粵普對應當中，普通話與粵語 ê 韻母對應的情況較複雜，主要元音發音也多不同，以致受普通話影響的初學者極難準確地發 ê 和 êng 兩韻母。

粵語 ê 韻母的粵普對應

粵語的 ê 韻母對應普通話 uo 及 üe 兩韻母，屬 ê 韻母的字在粵語中並不多見。以下是兩者對應關係的表示：

普通話 uo、üe 韻母 ──→ 粵語 ê 韻母

粵語 ê 韻母的粵普發音差異

普通話 uo、üe 兩韻母，與粵語對應的 ê 韻母發音有以下差異：

- 普通話 uo 屬**舌位較高**也**較後**的韻母 ── 發粵語 ê 韻母時，須將舌頭靠前及稍降低位置，嘴巴開口度也要較大。
- 普通話 üe 屬**舌位較高**但**較前**的韻母 ── 發粵語 ê 韻母時，要將舌頭稍降低及靠後，嘴巴也要張得較開。

韻母發音練習

- 粵語屬 ê 韻母的字僅以下幾個，而且多屬**口語**的發音，細心聆聽及跟讀學習便可掌握各字發音。

■ 細心聆聽以下各 ê 韻母詞語發音，然後用粵語準確讀出。

普通話韻母 uo	朵	dê^{2}	唾	tê^{3}
普通話韻母 üe	靴	hê^{1}	瘸	kê^{4}

粵語 êng 韻母的粵普對應

粵語 êng 韻母分別對應普通話的 ang、iang、uang 等韻母，其中最多對應 iang 韻母，部分對應 ang 韻母，少數對應 uang 韻母。以上對應關係可表示如下：

普通話 iang、ang、uang 韻母 ——→ 粵語 êng 韻母

粵語 êng 韻母的粵普發音差異

普通話 ang、iang、uang 等韻母，與粵語對應的 êng 韻母發音有以下差異：

■ 普通話 ang、iang、uang 等韻母的韻腹屬**低舌位**也**較後**的元音 —— 發粵語 êng 韻母時，舌位要稍提高及靠前，嘴巴也要收得較小。

韻母發音練習

■ 細心聆聽以下各 êng 韻母詞語發音，然後用粵語準確讀出。

普通話韻母 iang	詳	cêng^{4}	香	hêng^{1}	強	kêng^{4}
	涼	lêng^{4}	兩	lêng^{5}	亮	lêng^{6}
	娘	nêng^{4}	想	sêng^{2}	央	yêng^{1}
	陽	yêng^{4}	養	yêng^{5}	樣	yêng^{6}
	將	zêng^{1}	槳	zêng^{2}	像	zêng^{6}
普通話韻母 ang	昌	cêng^{1}	腸	cêng^{2}	暢	cêng^{3}
	長	cêng^{4}	商	sêng^{1}	賞	sêng^{2}
	常	sêng^{4}	上	sêng^{5}	尚	sêng^{6}
	讓	yêng^{6}	張	zêng^{1}	掌	zêng^{2}
普通話韻母 uang	窗	cêng^{1}	雙	sêng^{1}	霜	sêng^{1}
	孀	sêng^{1}				

粵語 ên 及 êu 韻母發音

粵語韻母 ên 和 êu 發音有別於 ê 和 êng 韻母，兩韻母的發音特點如下：

- 粵語韻母 ên 和 êu 的元音 ê 都是**短元音**，國際音標標示實際音值是 [ø]，和普通話實際音值 [ɛ] 的 ê 韻母，在發音上有明顯的不同。

	韻母標音符號	實際音值
普通話	ê	ɛ
粵語 ên 、 êu	ê	ø

- 元音 ê 構成 ên 及 êu 韻母後變成**短元音**，發音時要將**嘴唇收攏**成圓形，舌位放**更高**及**更前**位置，嘴巴要收得**更小**，**發音時間**相對較短。

粵普韻母對應

普通話與粵語 ên 和 êu 韻母對應情況複雜，普通話與粵語 ên 韻母對應的是 uan、uen、in、en、ün 韻母；與 êu 韻母對應的是 i、u、ü、ei、uai、uei 韻母。

粵語 ên 韻母的粵普對應

粵語的 ên 韻母對應普通話 en、in、uan、uen、ün 等韻母。對應 uen 韻母的超過一半，約兩成半對應 ün 韻母，接近兩成對應 in 韻母，極少數對應 en 和 uan 韻母。以上對應關係可表示如下：

普通話 uen、ün、in、en、uan 韻母 ——→ 粵語 ên 韻母

粵語 ên 韻母的粵普發音差異

對應粵語 ên 韻母的普通話 en、in、uan、uen、ün 韻母，粵普發音差異如下：

- 對應普通話 uen、uan 韻母的粵語 ên 韻母，發音時要將舌位**提高**及**靠前**，也要**收小**嘴巴張開度。
- 對應普通話 ün 韻母的粵語 ên 韻母，發音時要將舌頭位置稍**放低**並往**後靠**。
- 對應普通話 en 韻母的粵語 ên 韻母，發音時舌位**稍提高**及**靠前**；對應普通話 in 韻母，舌位要稍**放低**及**靠後**。兩韻母發音時都要將嘴唇收攏成圓形。

韻母發音練習

■ 細心聆聽以下各 ên 韻母詞語發音，然後用粵語準確讀出。

普通話韻母 uen	春	cên^{1}	蠢	cên^{2}	頓	dên^{6}
	輪	lên^{4}	論	lên^{6}	筍	sên^{2}
	瞬	sên^{3}	純	sên^{4}	唇	sên^{4}
	順	sên^{6}	潤	yên^{6}	準	zên^{2}
普通話韻母 ün	旬	cên^{4}	循	cên^{4}	巡	cên^{4}
	荀	sên^{1}	詢	sên^{1}	徇	sên^{1}
	訊	sên^{3}	迅	sên^{3}	馴	sên^{4}
	俊	zên^{3}	駿	zên^{3}	雋	zên^{3}
普通話韻母 in	秦	cên^{4}	鄰	lên^{4}	鱗	lên^{4}
	吝	lên^{6}	信	sên^{3}	津	zên^{1}
	進	zên^{3}	晉	zên^{3}	盡	zên^{6}
普通話韻母 en	榛	zên^{1}	臻	zên^{1}		
普通話韻母 uan	卵	lên^{2}	湍	tên^{1}		

粵語 êu 韻母的粵普對應

粵語 êu 韻母近四成半對應普通話 ü 韻母，約四成對應普通話 uei 韻母，約一成對應普通話 ei 韻母，個別對應普通話 i、u、uai 等韻母。這一對應關係可表示如下：

普通話 ü、uei、ei、i、u、uai 韻母 ──→ 粵語 êu 韻母

粵語 êu 韻母的粵普發音差異

粵語 êu 韻母由元音 ê 和 ü 組成，對應普通話 i、u、ü、ei、uai、uei 等韻母時的發音差異如下：

■ 粵語 êu 韻母中 ê 是**半高**舌位的**短元音**，相對普通話 ü 韻母發音，舌頭位置稍**降低**及**略後**，嘴巴張開度也**稍大**。

- 相對普通話 uei 韻母，粵語 êu 韻母發音時舌頭位置**稍低**也**稍前**一些。注意收音時嘴唇仍然要**撮起**，不能受普通話影響而平展。
- 對應普通話 ei 韻母，舌位及開口度相若，不同在發音及收音時都須**圓唇**。

其餘對應普通話 i 、 u 、 uai 等韻母，所佔字數量極少，熟記各有關字例，注意**圓唇**及發音**較短**特點，便容易解決發音問題。

韻母發音練習

- 細心聆聽以下各 êu 韻母字詞發音，然後用粵語準確讀出。

普通話韻母 ü	取	cêu^{2}	趣	cêu^{3}	徐	cêu^{4}
	居	gêu^{1}	舉	gêu^{2}	據	gêu^{3}
	去	hêu^{3}	區	kêu^{1}	旅	lêu^{5}
	慮	lêu^{6}	女	nêu^{5}	需	sêu^{1}
	緒	sêu^{5}	序	zêu^{6}	聚	zêu^{6}
普通話韻母 uei	吹	cêu^{1}	脆	cêu^{3}	堆	dêu^{1}
	對	dêu^{3}	雖	sêu^{1}	水	sêu^{2}
	睡	sêu^{6}	推	têu^{1}	腿	têu^{2}
	追	zêu^{1}	最	zêu^{3}	罪	zêu^{6}
普通話韻母 ei	雷	lêu^{4}	鐳	lêu^{4}	蕾	lêu^{4}
	壘	lêu^{5}	磊	lêu^{5}	累	lêu^{6}
	類	lêu^{6}	淚	lêu^{6}	誰	sêu^{4}
普通話韻母 i	戾	lêu^{6}	裔	yêu^{6}		
普通話韻母 u	除	cêu^{4}	廚	cêu^{4}		
普通話韻母 uai	衰	sêu^{1}	帥	sêu^{3}		

粵普韻母差異辨別

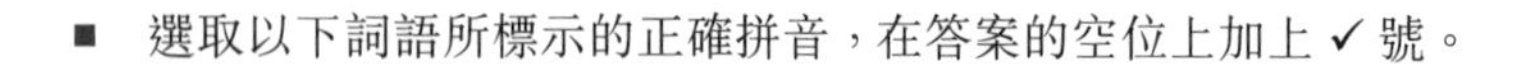

■ 選取以下詞語所標示的正確拼音，在答案的空位上加上 ✓ 號。

長靴	chang^4 xê^1	______	ceng^4 hê^1	______	cêng^4 hê^1	______
香腸	hang^1 chang^2	______	heng^1 cang^2	______	hêng^1 cêng^2	______
退稅	têu^3 sêu^3	______	tui^3 sui^3	______	tui^3 shui^3	______
羊腿	yang^4 tui^2	______	yang^4 têu^2	______	yêng^4 têu^2	______
進取	jin^3 qu^2	______	jin^3 cêu^2	______	zên^3 cêu^2	______
嘴唇	ju^2 chên^4	______	zêu^2 sên^4	______	zêu^2 shên^4	______
論據	lun^6 ju^3	______	lun^6 gêu^3	______	lên^6 gêu^3	______
鄰居	lun^4 gu^1	______	lên^4 gêu^1	______	lin^4 ju^1	______

誦詞學粵語

■ 聆聽錄音及學習試用粵語吟誦以下詩詞，然後在右面空格內，分別寫上詩詞內屬於粵語 ê 系列 êu 、ên 、êng 韻母的字。

簾外雨潺潺，春意闌珊。羅衾不耐五更寒。夢裏不知身是客，一晌貪歡。

獨自莫憑欄，無限江山，別時容易見時難。流水落花春去也，天上人間。

—— 李煜《浪淘沙》

êu ______

ên ______

êng ______

答案

粵普韻母差異辨別

- 選取以下詞語所標示的正確拼音，在答案的空位上加上 ✓ 號。

長靴	chang⁴ xê¹		ceng⁴ hê¹		cêng⁴ hê¹	✓
香腸	hang¹ chang²		heng¹ cang²		hêng¹ cêng²	✓
退稅	têu³ sêu³	✓	tui³ sui³		tui³ shui³	
羊腿	yang⁴ tui²		yang⁴ têu²		yêng⁴ têu²	✓
進取	jin³ qu²		jin³ cêu²		zên³ cêu²	✓
嘴唇	ju² chên⁴		zêu² sên⁴	✓	zêu² shên⁴	
論據	lun⁶ ju³		lun⁶ gêu³		lên⁶ gêu³	✓
鄰居	lun⁴ gu¹		lên⁴ gêu¹	✓	lin⁴ ju¹	

誦詞學粵語

- 聆聽錄音及學習試用粵語吟誦以下詩詞，然後在右面空格內，分別寫上詩詞內屬於粵語 ê 系列 êu 、 ên 、 êng 韻母的字。

　　簾外雨潺潺，春意闌珊。羅衾不耐五更寒。夢裏不知身是客，一晌貪歡。

　　獨自莫憑欄，無限江山，別時容易見時難。流水落花春去也，天上人間。

—— 李煜《浪淘沙》

êu　裏、水、去

ên　春

êng　晌、上

êu 韻母　裏 lêu⁵ 、水 sêu² 、去 hêu³

ên 韻母　春 cên¹

êng 韻母　晌 hêng² 、上 sêng⁶

附　錄

粵語拼音系統對照表

說 明：對照表選取現時流行於香港及廣州粵語注音系統，與本書粵音系統對照。有關系統依據如下：

- 本書採用廣州話拼音方案，依饒秉才《廣州音字典》(廣州：廣東人民出版社，1983 年 5 月) 修訂系統。
- 黃錫凌《粵音韻彙 (修訂重排本)》(香港：中華書局，1979 年)
- 黃港生《商務新詞典》(香港：商務印書館，2015 年)
- 香港教育署語文教育學院中文系編《常用字廣州話讀音表 (一九九二年修訂本)》(香港：香港教育署語文教育學院，1992 年)
- 香港語言學學會《粵語拼音方案》(香港：香港語言學學會，1993 年)
- 詹伯慧主編《廣州話正音字典》(廣州：廣東人民出版社，2004 年第 2 版)
- 何文匯等編《粵音正讀字彙》(香港：香港教育圖書公司，2016 年第 4 版)

聲 母

本書	國際音標	粵音韻彙	商務新詞典	香港語文教育學院	香港語言學學會	廣州話正音字典	粵音正讀字彙
b	p	b	b	b	b	b	b
p	P‘	p	p	p	p	p	p
m	m	m	m	m	m	m	m
f	f	f	f	f	f	f	f
d	t	d	d	d	d	d	d
t	t‘	t	t	t	t	t	t
n	n	n	n	n	n	n	n
l	l	l	l	l	l	l	l
g	k	g	g	g	g	g	g
k	k‘	k	k	k	k	k	k
h	h	h	h	h	h	h	h
ng	ŋ	ŋ	ŋ	ng	ng	ng	ŋ

續上表

本書	國際音標	粵音韻彙	商務新詞典	香港語文教育學院	香港語言學學會	廣州話正音字典	粵音正讀字彙
gu	kw	gw	gw	gw	gw	gw	gw
ku	k'w	kw	kw	kw	kw	kw	kw
z、j	tʃ	dz	dz	dz	z	dz	dz
c、q	tʃ'	ts	ts	ts	c	ts	ts
s、x	ʃ	s	s	s	s	s	s
y	j	j	j	j	j	j	j
w	w	w	w	w	w	w	w

韻母

本書	國際音標	粵音韻彙	商務新詞典	香港語文教育學院	香港語言學學會	廣州話正音字典	粵音正讀字彙
a	a	a	a	aa	aa	aa	a
ai	ai	ai	ai	aai	aai	aai	ai
ao	au	au	au	aau	aau	aau	au
am	am	am	am	aam	aam	aam	am
an	an	an	an	aan	aan	aan	an
ang	aŋ	aŋ	aŋ	aang	aang	aang	aŋ
ab	ap	ap	ap	aap	aap	aap	ap
ad	at	at	at	aat	aat	aat	at
ag	ak	ak	ak	aak	aak	aak	ak
ei	ɐi	ɐi	ɐi	ai	ai	ai	ɐi
eo	ɐu	ɐu	ɐu	au	au	au	ɐu
em	ɐm	ɐm	ɐm	am	am	am	ɐm
en	ɐn	ɐn	ɐn	an	an	an	ɐn
eng	ɐŋ	ɐŋ	ɐŋ	ang	ang	ang	ɐŋ
eb	ɐp	ɐp	ɐp	ap	ap	ap	ɐp
ed	ɐt	ɐt	ɐt	at	at	at	ɐt
eg	ɐk	ɐk	ɐk	ak	ak	ak	ɐk

續上表

本書	國際音標	粵音韻彙	商務新詞典	香港語文教育學院	香港語言學學會	廣州話正音字典	粵音正讀字彙
é	ε	ε	ε	e	e	e	ε
éi	ei	ei	ei	ei	ei	ei	ei
éng	εŋ	εŋ	εŋ	eng	eng	eng	εŋ
ég	εk	εk	εk	ek	ek	ek	εk
i	i	i	i	i	i	i	i
iu	iu	iu	iu	iu	iu	iu	iu
im	im	im	im	im	im	im	im
in	in	in	in	in	in	in	in
ing	Iŋ	iŋ	iŋ	ing	ing	ing	iŋ
ib	ip	ip	ip	ip	ip	ip	ip
id	it	it	it	it	it	it	it
ig	Ik	ik	ik	ik	ik	ik	ik
o	ɔ	ɔ	ɔ	o	o	o	ɔ
oi	ɔi	ɔi	ɔi	oi	oi	oi	ɔi
ou	ou	ou	ou	ou	ou	ou	ou
on	ɔn	ɔn	ɔn	on	on	on	ɔn
ong	ɔŋ	ɔŋ	ɔŋ	ong	ong	ong	ɔŋ
od	ɔt	ɔt	ɔt	ot	ot	ot	ɔt
og	ɔk	ɔk	ɔk	ok	ok	ok	ɔk
ê	œ	œ	œ	oe	oe	oe	œ
êu	øy	œy	œy	oey	eoi	oey	œy
ên	øn	œn	œn	oen	eon	oen	œn
êng	œŋ	œŋ	œŋ	oeng	oeng	oeng	œŋ
êd	øt	œt	œt	oet	eot	oet	œt
êg	œk	œk	œk	oek	oek	oek	œk
u	u	u	u	u	u	u	u
ui	ui	ui	ui	ui	ui	ui	ui
un	un	un	un	un	un	un	un
ung	ʊŋ	uŋ	uŋ	ung	ung	ung	uŋ
ud	ut	ut	ut	ut	ut	ut	ut

續上表

本書	國際音標	粵音韻彙	商務新詞典	香港語文教育學院	香港語言學學會	廣州話正音字典	粵音正讀字彙
ug	ʊk	uk	uk	uk	uk	uk	uk
ü	y	y	y	y	yu	y	y
ün	yn	yn	yn	yn	yun	yn	yn
üd	yt	yt	yt	yt	yut	yt	yt
m	m̩	m̩	m	m	m	m	m̩
ng	ŋ̍	ŋ̍	ŋ	ng	ng	ng	ŋ̍

聲調

	本書	國際音標	粵音韻彙	商務新詞典	香港語文教育學院	香港語言學學會	廣州話正音字典	粵音正讀字彙
陰平	1	1	ˈ□	1	1	1	1	ˈ□
陰上	2	2	ˊ□	2	2	2	2	ᵛ□
陰去	3	3	ˉ□	3	3	3	3	ˉ□
陽平	4	4	ˌ□	4	4	4	4	ˌ□
陽上	5	5	ˏ□	5	5	5	5	ᵥ□
陽去	6	6	ˍ□	6	6	6	6	ˍ□
陰入	1	1	ˈ□	7	7	1	7	ˈ□
中入	3	3	ˉ□	8	8	3	8	ˉ□
陽入	6	6	ˍ□	9	9	6	9	ˍ□

粵語聲母發音總表

發音部位 發音方法			唇音		舌尖音	舌葉音	舌根音		喉音
			雙唇音	唇齒音			不圓唇	圓唇	
塞音	清音	不送氣	b		d		g	gu	
		送氣	p		t		k	ku	
塞擦音	清音	不送氣				z (j)			
		送氣				c (q)			
擦音	清音			f		s (x)			h
	濁音								
鼻音	濁音		m		n		ng		
邊音	濁音				l				
半元音	濁音		w			y